하루가 늦은 용서

하루가 늦은 용서

최은주 장편소설

북플레이트

책머리에

나이가
점점 들어가면서
세상 이별이 눈앞에 보이던
2021년 겨울날.
뭔가에 홀린 듯이
녹슨 펜을 꺼내어
'하루가 늦은 용서'를 쓰기 시작했습니다.
펜을 놓고 나니
그 숱한 나날 동안
내 머릿속을 헤집던 수많은 일들이
눈 녹듯 흔적도 없이 사라졌습니다.

차례

1부

들어가기 · *11*
1. 생이별 · *21*
2. 어머니의 두 손 · *29*
3. 옛 동무 · *39*
4. 혼인 · *54*
5. 다시 찾은 이내마을 · *58*
6. 그리움의 나들이 · *63*
7. 새로운 가족 · *86*
8. 얄궂은 재회 · *93*
9. 속죄 · *123*
10. 남은 자의 한 · *129*
11. 내가 설 곳 · *137*
12. 그리고 그 후 · *145*

2부

들어가기 · *148*

1. 시집살이 · *151*

2. 실어증 · *159*

3. 꽃뱀 · *165*

4. 어떤 년이에요? · *171*

5. 비고 빈 마음으로 · *177*

6. 하루가 늦은 용서 · *181*

7. 벚꽃 길을 찾아서 · *189*

1부

... 글 속에서 ...

백송나무처럼 의연한 모습으로
인생길을 가고 싶었다
모두의 바람처럼

들어가기

　2019년 10월 10일. 오늘은 근무가 없는 토요일이어서 느지막이 자리에서 일어났다.
　휴대폰을 보니 남편이 대동집에 가서 아침을 먹고 어머니와 시간을 보낸 뒤 오후에 돌아오겠다고 카톡에 올려놓았다.
　철도 공사에서 성실하기로 소문난 남편은 며칠 전 공로가 인정되어 철도청장상을 수상하였고, 이에 상장과 상품을 시어머니께 보여 드리고자 대동집을 간 것으로 짐작되었다.
　우유 한 잔을 마시고 장롱 위에서 옛날 사진을 모아 둔 앨범을 꺼냈다.
　첫 장을 여니 결혼사진이 보였다. 찬희는 남 같아 보이는 흰 드레스를 입은 자신의 모습에 야릇한 웃음을 흘렸다. 당시 35살의 노총각으로 철도국(철도 공사) 직원인 남편과 나는 늦은 결혼을 했다.

일본 여자를 만난 시아버지는 노모와 아내 최 씨의 뱃속에 자식을 놔둔 채 '찾지 말라'는 쪽지 한 장을 남기고 일본으로 건너갔다고 한다.

대전서 30리 길 떨어진 옥천면에서 논마지기나 있는 집의 고명딸로 태어나 고생이라고는 한 번도 해 보지 않은 최 씨는 배부른 몸으로 홀시어머니와 함께 친정집 문간방에 살면서 집안일을 거들었는데 아들이 대여섯 살이 되면서 안채 사는 조카들과 옥신각신 다툼이 잦아지자 옥천집을 떠나 지금의 대동집 건넌방 한 칸을 세 얻어 살게 되었다고 한다.

시어머니 최 씨의 친정 부모는 남편이 중학교에 들어갈 때까진 먹을 쌀과 일용품을 대 주었으나 그 뒤 얼마 지나지 않아 6.25 전쟁 끝에 두 분이 세상을 떠난 후부터 남편은 죽으로 끼니를 때워 가며 가까스로 중학교 졸업장을 손에 쥔 후 철도청 사환으로 일을 하게 되었다고 한다.

그 후 남편은 고등학교 졸업장이 있어야 정식 사원이 될 수 있음을 알게 됨에 32살의 나이로 야간 공고(야간 공업 고등학교)에 입학, 만 3년을 밤 12시가 되어서야 집에 들어가는 만학의 고달픔을 견뎌 낸 결과로 정식 사원이 된 35살에 찬희와 결혼을 하게 되었다.

'왜 배우자로 나를 선택했느냐?'는 물음에 남편은 '가난을 벗어나려면 맞벌이를 해야 했고 또 어머니를 모시고 살아야 했기에 성격 좋은 여자를 만나야 했다면서 아들딸이 건강하고 공부도 잘하는 게 모두 머리 좋고 성격 좋은 당신 덕'이라며 웃었다.

생각해 보면 모두가 팔자소관이라는 생각이 들었다. 남편을 만난 것도, 시어머니와의 악연도 모두가 피할 수 없는 자신의 운명이라는 생각이 들었다.

이제 내 나이 45살. 이제 나는 시어머니 최 씨를 용서해야 하지 않을까.

TV를 켜니 산 밑으로 활짝 핀 새하얀 구절초가 화면을 가득 메웠다. 여기저기 관광객이 모여서 사진을 찍는 장면을 보노라니 10년을 잊고 살았던 영평사의 구절초가 생각났다.

찬희는 잠시 망설이다가 외출복을 입고 아파트를 나왔다.

산자락 곳곳에 피어나는 가을꽃의 대표적인 구절초는 9월 중순이면 장군산을 하얗게 뒤덮어서 10월 중순엔 산 아래 자리 잡고 있는 영평사 경내까지 그 향기가 은은하게 스며든다.

10년이면 강산도 변한다더니, 유성을 지나 종촌마을로 들어서니 예전 모습은 온데간데없어지고 아파트가 빼곡하게 들어선 세종 신도시가 눈에 들어왔다.

　네비게이션이 알려 주는 대로 신도시를 빠져나와 종촌마을을 지나면서 좌회전 신호를 받아 공주시로 가는 대로변에 들어서게 되자 멀리 장군산 산자락이 눈에 들어왔다.

　산자락 아래로 시원하게 펼쳐진 너른 들판!

　가을걷이가 끝나지 않은 들판을 빈자리 없이 뒤덮은 자그마한 콩대가 농부의 손을 기다리고 있었고, 김장거리 배추와 무는 가을바람에 뿌리를 꼿꼿하게 박고 그 싱싱함을 자랑하느라 흔들림 없이 줄지어 크고 있었다.

　장기면 면사무소 입구에서 좌회전을 하면 옹기종기 모여 있는 여러 촌락들이 보이고, 계속 길을 따라 올라 가다 보면 영평사를 알리는 푯말 위로 장군산을 향한 오르막길이 보인다.

　운전을 하지 않던 그때는 면사무소 앞의 버스 정류장에서 흥얼흥얼 콧노래를 부르며 이 길을 올라 다녔지만 지금은 누구나 자동차로 영평사를 오르내리도록 도로포장이 잘 되어 있었다.

　찬희는 자동차 속도를 시속 30km로 줄이고 천천히 앞으로 나아갔다. 오르막 길가에 줄지어 피어 있는 구절초는 예전엔 보지 못하던 풍경이었다. 창문을 여니 구절초의 은근

한 향내가 코에 스몄다.

'그 때 같이 절에 다니면서 기도에 열심이었던 민규 엄마는 어떻게 지내고 있을까?

외동딸이 공부를 잘해서 법관 되길 소원하여 이름도 남자처럼 지었다면서 어린 딸을 위해 무릎에서 피가 나도록 3일 밤을 꼬박 새워 삼천배 기도를 올리던 민규 엄마의 불심에 여러 도반들이 크게 탄복하지 않았던가. 아직도 영평사에 다니고 있을까?'

어느새 자동차가 영평사 주차장으로 들어섰다. 주말이긴 하지만 늦은 오후여서인지 주차장엔 차가 없었다. 차를 세운 후 대웅전을 바라보니 칠을 한 지 얼마 되지 않은 단청이 찬희에게 어서 오라고 손짓하는 것만 같았다.

산속이라 가을 해가 일찍 넘어가고 있었다. 저녁 햇살을 받고 있는 장군산 자락의 구절초는 산들바람 속에 온통 여기저기 흰옷 입은 동자들이 춤을 추는 것만 같았다.

"아니, 찬희 씨 아녜요? 어떻게 여길 왔어요?"

"아니? 민규 엄마 아녜요? 그동안 어떻게 지냈어요? 여기서 지내요? 못 본 동안 공양주 보살이 된 거에요?"

"네. 나물을 뜯다가 차가 들어오기에 내려다보니 뒷모습이 꼭 찬희 씨 같아서 뛰어왔어요. 10년이 지나도록 소식이 없기에 아주 먼 곳으로 이사했는가 보다고 생각했어요. 그러잖아도 오늘 아침에 까치가 울더니만……. 참 잘 왔어요.

구절초가 피는 이맘때엔 아주 생각이 많이 났어요. 오늘도 찬희 씨는 어디서 어떻게 지내고 있을까 생각하면서 나물을 뜯고 있었는데 부처님 은덕으로 이렇게 10년 만에 만남의 인연 덕을 얻다니…….”

민규 엄마는 산나물이 들어 있는 소쿠리를 내보이며 환하게 웃었다.

"오늘은 새벽부터 엄청 바빴어요. 100세 된 할머니 영결식이 있었거든요. 망인이 평소 주변에 덕을 많이 쌓았는지 일가친척들이 백여 명이나 온 것 같았어요. 보살들도 100명이 넘게 왔어요. 아들 하나에 딸이 여섯인데 사위가 판사에 의사에 모두 행세 깨나 하더군요. 막내딸이 대학교수고 아들이 고등학교 교장이라면서 절에 기부도 많이 하였기에 종일토록 주지 스님 얼굴에서 웃음이 떠나질 않았어요.

그나저나 찬희 씨. 오늘 밤은 나랑 같이 여기서 지내요. 그동안 너무 보고 싶었거든요. 밤새워 쌓였던 얘기도 나누고……. 하고 싶은 말이 아주 많아요. 저녁 공양 준비할 동안 내 방에서 다리 좀 펴고 쉬세요.”

찬희는 대답 대신 빙그레 웃으면서 고갤 끄덕였다. 밤늦게

라도 돌아가야겠다고 생각하며 일단 저녁 공양 후 민규 엄마와 시간을 갖기로 했다.

　방에 들어온 찬희는 찬찬히 방안을 둘러보았다.

　살림이라곤 옷걸이에 걸려 있는 절복 2벌과 작은 3단 서랍장 위에 개켜 놓은 이부자리 두 채가 전부였다.

　겉옷을 벗으며 방바닥을 보니 한쪽 구석에 서류용 사각봉투가 보였다. 가까이 가 보니 봉투 겉 한가운데에 '하루가 늦은 용서'라는 큰 글씨 밑에 작은 글씨로 '내 아들 진섭에게'라고 쓰여 있었다.

　방바닥에 두 다리를 쭈욱 펴면서 개봉되어 있는 봉투 안을 슬쩍 들여다보니 굵은 광목실로 엮어 만든 두툼한 공책이 한 권 들어 있었다. 순간 꺼내서 읽어 보고 싶었지만 남의 물건이라서 손대기를 주저하고 있는데 마침 민규 엄마가 방문을 열었다.

　"아, 내 정신 좀 봐. 봉투를 서랍장에 넣어 둔다는 게 깜빡 잊었네. 찬희 씨, 베개 줄까요? 이곳에서 3년을 지내면서 수행을 하시던 노인 보살님이 이승 이별을 직감하셨는지 '영평사에 아들이 오거든 이 봉투를 전해 달라'며 한 달 전에 병원으로 떠나셨는데 닷새 전에 영면했다는 연락이 왔어요.

　장례식장을 다녀온 큰스님의 말씀을 들으니 빈소엔 아들

내외와 손자 손녀뿐이었다며 인생살이 덧없음에 쓴웃음을 짓더군요. 아들 되는 분이 오늘이라도 오려나 하고 기다렸는데……."

"봉투가 봉함되지 않은 것 보니 중요한 책자는 아닌 것 같네요."

"아들에게 전하는 자신의 인생사인 것 같아요. 어젯밤에 읽어 보았는데 너무도 기막힌 사연이라 읽으면서 내내 울었어요. 아직 저녁 공양까지는 시간이 있으니 찬희 씨도 한번 읽어 볼래요? 옛날 분이 글재주가 대단해요."

하며 민규 엄마가 봉투에서 굵은 광목실로 엮은 공책을 꺼내 주었다.

민규 엄마가 나가자 찬희는 천천히 공책을 열었다.

공책 머리에 다음과 같은 짧은 글이 있었다.

아들 진섭아. 네 아버지는 좋은 사람이었다.

시집와 살림살이 5년, 그때 나는 행복한 아낙네였다. 이제와 네 아버지와 나와의 얄궂은 인연을 말한들 무슨 소용이 있겠냐만 그래도 한 번은 자식인 네게 말해 주고 싶어서 '하루가 늦은 용서'라는 제목으로 내 인생살이를 써 보았다.

혹여 늙은이 푸념이라 생각되면 보지 않아도 괜찮다.

낳기만 했을 뿐 기르지 못한 나를 에미라고 받아 준 네가 있어서 10년 세월이 행복했다. 고맙다.

아들아, 며늘아, 고맙다.

2019. 어느 날.

구절초

산기슭 풀밭에서 자라는 들국화

꽃말 = 가을 여인

1. 생이별

"네. 도진섭입니다."

"자네가 도진섭인가?"

"그렇습니다만……."

"난 네 외삼촌이구만."

"외, 외삼촌이라구요?"

쉰다섯 살이 되도록 외삼촌의 이야기를 한 번도 듣지 못한 진섭은 큰외삼촌이라고 밝히는 목이 쉰 노인의 음성을 듣고 어안이 벙벙하여 다음 말을 잇지 못했다.

"진섭이 내 말 듣고 있는가?"

"네."

"네 어머니 일로 한번 만나야겠다고 벼르다가 이제야 전화하는구나."

"어머니라구요?"

"그래, 네 생모 말이다. 오늘 시간이 있는가?"

"……."

"오늘 바쁜가?"

"아, 아닙니다."

"그러면 일 끝마치고 역 앞에 있는 백조 다방으로 오거라. 게서 기다리마."

대답도 하기 전에 전화가 끊어졌지만 진섭은 수화기를 든 채 멍하니 그대로 앉아 있었다.

"도 국장님, 뭐하세요? 퇴근하셔야지요."

"어? 어, 그래. 먼저들 가."

직원들이 바쁘게 퇴근을 서두르고 있었지만 진섭은 여전히 앉은 채로 꼼짝하지 않고 잠시 전 통화 내용을 생각했다.

'생모라고? 그래, 날 낳아 주신 어머니가 계시지. 아마 5살이었을 거야. 어머니 얼굴은 잊었지만 가마 끝을 붙잡은 채 따라가겠다고 서럽게 울던 기억만은 지금도 또렷이 생각나는데…….

그리고 50년. 난 어디에서도 어머니의 소식을 들을 수가 없었다. 여러 날이 지나도 오지 않는 어머니가 보고 싶어 아버지께 어머니를 데려오라고 떼를 썼더니만 종아리에 피가 나도록 얻어맞고 골방에 갇힌 기억이 난다.

두 번 다시 어머니 얘기를 꺼내지 않기로 약속하고 이튿날 골방에서 풀려 나온 뒤로 지금까지 아버지께는 물론 할머니나 고모들, 또 큰아버지와 삼촌, 그 어느 누구에게도 어머니에 대한 이야기를 한 번도 물어보지 않았다. 대체 돌아가신 것인지 아니면 어디엔가 살아 계시기라도 한 것인지 생사만이라도 알고 싶은 때가 한두 번이 아니었지만 끝내 아무에게도 묻지 않았다.

지금도 개나리 만발한 봄이 되면 가마를 타고 떠나던 어머니의 모습이 떠오르지만 얼굴 생김새는 전혀 기억에 없으니……. 그러다 언제부턴가 어머니를 잊고 살았지 않은가.'

진섭은 서랍을 잠근 후 천천히 자리에서 일어나 역을 향해 걸었다.

기다리고 계실 노인을 생각하여 택시를 탈까 망설이다가 도청에서 역까지는 넉넉잡고 20분 거리기에 걷기로 작정하고 걸음을 빨리했다.

다방은 오래된 건물의 이층에 자리 잡고 있어서인지 출입문을 열고 들어서니 손님이 두서너 사람뿐이었다.

창가에 앉아 출입문 쪽을 바라보고 있던 백발의 노인이 문을 열고 들어서는 진섭을 보자마자 이리로 오라며 손짓을 하였다.

 진섭은 정중히 고갤 숙여 인사를 한 후 노인의 맞은편 자리에 앉으며 찬찬히 외삼촌이라는 분의 얼굴을 살폈다. 한 번도 보지 못하였지만 이상하게도 낯익은 얼굴이었다. 유행이 지난 지 오래된 회색 양복을 입은 노인의 얼굴은 마치 30년 후의 자신의 얼굴처럼 느껴졌다.

 "내가 너의 외삼촌이다. 네 생모 말이 날 보고 있으면 꼭 널 보는 것 같다고 하더니만 네가 참으로 날 많이도 닮았구나. 그래, 외갓집이 어딘지는 알고 있나?"

 "모릅니다."

 "아마 그럴 거다. 네 애비가 내쫓은 네 에미 일가붙이를 알려 줄 리 없지. 외가는 신례원에 있고 외조부모는 이미 오래 전에 돌아가셨다. 나도 지난해에 마누라를 잃고 지금은 신례원 집에서 네 생모와 같이 지내고 있단다."

 "……."

 "진섭아, 네가 이처럼 성공했다는 소식은 일찍부터 들었다만 장손인 네가 새어머니 그늘에서 벗어나기가 쉽지 않을 터에 내 죽을 때까지 남남으로 살다 가려 들었다. 그런데 마누라를 다시 못 올 저세상으로 보내고 나니 큰자식이 서울로 올라오라고 성화구나. 덩치 큰 집에다 네 생모를 혼자 두고 떠난다는 게 차마 못 할 일이어서 1년을 차일피일 미뤄 왔는데 이제 결정을 해야 할 것 같아 너를 찾았다.

50년 전, 붉은색 나들이옷을 입고 내 집 대문을 들어 선 네 어머니는 네 아버지가 사흘만 있다가 오라고 했다면서 내 앞에 서찰을 내밀었단다.

그동안 한 번도 만나지 못한 네 아버지였기에 안부를 묻는 것이려니 생각하며 서찰을 펴 본 난 너무도 기가 막혀 한동안 말이 나오지 않았다.

시집가서 처음으로 나온 친정 나들이라며 네 외조모를 얼싸안고 좋아하는 네 생모에게 차마 서찰을 보일 수가 없어 건넌방으로 나온 그 뒤로 꼬박 이틀을 술로 지새웠단다.

사흘째 되던 날 아침, 어린 진섭이가 눈에 밟혀 집에 가고 싶다는 네 생모의 말을 듣고 네 외조모는 누이동생이 왔는데 잘 먹지도 않는 술을 그리도 과하게 마시느냐며 날 나무라셨단다.

네 생모는 아들 셋에 막내로 태어난 고명딸로 고생이란 고자도 모르고 살아온 사람으로 세상 물정을 너무도 모르는 시골 아낙네였다.

이혼 문서와 함께 위자료로 온양에 있는 논 서마지기 땅문서가 들어 있는 서찰을 네 생모에게 보였을 때 네 생모는 그 자리에서 혼절하였고 네 외조모는 너무도 기막혀 울지도 못하셨지."

"……."

"이튿날 정신이 들자 네 생모는 내게 땅문서를 도로 가져다주고 진섭이를 데려와 달라고 울며불며 난리를 쳤지만 이미 엎질러진 물이었어.

이후 네 에미의 죽지 못해 사는 모습을 바라다볼 수밖에 없던 네 외조모는 끝내 충격에서 벗어나지 못하고 얼마 지나지 않아 세상을 떠나셨단다."

"……."

"진섭아, 이제 나도 마누라 뒤를 따라 갈 준비를 해야 할 것 같구나. 너와 의논하여 네 생모 일을 매듭짓고 나면 바로 신례원 집을 처분하고 서울 큰아들네와 합할 생각이란다."

"……."

"……."

"왜 어머니는 이제까지 한 번도 저를 찾지 않으셨죠?"

"네게 떳떳지 못해서란다."

"떳떳지 못하다니요?"

"그렇게 너와 생이별을 한 네 생모를 난 그대로 놔둘 수가 없었다. 마땅한 자리가 있어 재혼시켰는데 어찌된 팔자인지

1년도 못 살고 사별하는 신세가 되었단다. 진섭아, 이제 피붙이라곤 너 하나다."

"우선 제 안식구하고 의논한 후에 어머니를 찾아뵙겠습니다."

"그래 주겠니? 내 연락을 기다리마."

전화번호가 적힌 쪽지를 건네받은 진섭은 외삼촌을 따라 자리에서 일어나려는 순간 다리가 휘청거렸다.

카운터 앞에 서 있던 마담이 넘어지지 않으려고 얼른 소파의 난간을 붙잡는 진섭을 바라보며 빙그레 웃었다. 진섭은 얼른 꼿꼿하게 허리를 세우며 멋쩍은 웃음을 흘렸다.

... 글 속에서 ...

내 죽을 때까지
남남으로
살다 가려고 했다.

2. 어머니의 두 손

　산자락 여기저기에 하얀 구절초가 만발한 10월.
　외삼촌의 뒤를 따라 도착한 곳은 큰 기와집 대문 앞이었다.
　두세 번 헛기침을 한 외삼촌을 따라 고택 대문을 들어선 진섭은 대청에서 다듬이질을 하는 곱상한 여인의 단아한 모습에 넋을 잃고 서 있었다.
　'또드락또드락' 리듬을 타고 흐느끼듯이 앞마당 전체로 퍼지는 다듬이 방망이의 가볍고 청아한 소리는 이제까지의 모든 설움을 한순간에 씻어 내리는 듯했다.
　말하지 않아도 50년 전 헤어진 어머니임을 알 수 있었다.
　'어머니. 어머니…… 저 진섭이입니다.'
　입 속에서 어머니를 부르는 소리가 맴돌았지만 계속하여 입술이 바짝바짝 타들어 갔다. 어머니를 부르는 소리가 입 밖으로 나오지 않은 채 점점 목 안으로 더 기어 들어가고 있었다. 진섭의 얼굴엔 눈물이 주르르 볼을 타고 흘렀다.

다듬이질에 열중하던 순금은 말없이 자신의 한을 두 방망이에 쏟아붓고 있었다.

얼마나 지났을까? 누군가가 자신을 쳐다보는 느낌에 대문쪽을 바라보니 오라버니와 함께 아들 진섭이 서 있는 게 아닌가?

아들 진섭을 못 본 지 50년 세월이 흘렀어도 순금은 첫눈에 오라버니와 서 있는 중년의 신사가 아들 진섭임을 알 수 있었다.

순금은 천천히 댓돌을 내려섰다. 옥색 치마저고리에 흰 고무신을 신고 마당을 걸어오는 어머니의 모습에 진섭은 몸이 굳는 듯했다.

"순금아, 네가 오매불망 그리던 진섭이다."

"네가? 네가······."

말을 더 잇지 못하는 순금의 얼굴엔 두 줄기 눈물이 하염없이 흐르고 있었다.

진섭은 어머니의 두 손을 잡았다. 두 손 위에 계속 눈물이 방울방울 떨어지고 있었다. 진섭은 말없이 순금에게 두 손을 맡긴 채 우두커니 어머니의 희끗희끗한 머리를 내려다보았다. 어머니라고 입속으로 뇌어 보았지만 여전히 목소리가 나오지 않았다. 이제 그만 울음을 그치시라고 말하고 싶어 입술을 움직여 보았지만 입술 사이로는 아무런 소리도 새어 나오지 않았다.

진섭이 손수건을 꺼내서 어머니의 얼굴을 닦자 어머니는 더 서럽게 흐느껴 우셨다. 진섭도 애써 참았던 울음을 더는 참지 못하고 흐느껴 울었다.

굵은 주름 하나도 없이 곱게 나이 드신 어머니!

쌍꺼풀진 두 눈가에 흐르는 잔잔한 미소!

진섭은 어머니의 어깨를 천천히 껴안았다. 작고 가냘픈 어머니의 몸에서 깊은 연민을 느끼며 가슴으로 계속 어머니를 부르고 있었다. 두 사람의 모습을 바라보던 외삼촌도 손수건을 꺼내어 눈물을 닦았다.

진섭의 마음은 어느덧 환하게 열려 가고 있었다.

그토록 그립던 내 어머니다. 달덩이처럼 예쁘던 어머니의 얼굴을 쳐다보고 또 쳐다보면서 어머니 가슴에 손을 넣어 보던 50년 전의 그때. 언제나 조용한 미소를 짓고 있는 어머니의 모습이 마냥 좋아서 늘 어머니의 무릎에 누워 잠이 들지 않았던가.

외삼촌이 이제 그만 안으로 들어가자고 말하지 않았으면 아마도 진섭은 어머니의 손을 언제까지나 놓지 않았을 것이다. 이제 두 번 다시 어머니의 손을 놓지 않으려는 어린아이처럼 진섭은 어머니를 잡은 두 손에 힘을 주었다.

사실 순금은 에미를 따라가겠다고 울면서 가마 앞을 가로막으며 매달리던 아들 진섭을 하루도 잊은 적이 없었다.

초저녁잠이 많았던 진섭은 언제나 저녁밥을 먹기가 무섭게 자신의 무릎에서 잠이 들었다.

첫아들이라고 시아버님이 아주 예뻐했고 소학교(초등학교) 교사이던 남편도 진섭을 얼마나 귀히 여겼던가.

바쁜 직장 일을 뒤로하고 퇴근하기가 무섭게 집으로 돌아와 어린 진섭을 안고 얼러 주던 남편. 4살이 되면서 글자를 알아 가는 진섭을 보며 동네 어른들은 '다음에 자라면 크게 한자리 하겠다'면서 순금을 볼 때마다 튼튼하게 잘 키워야 한다고 일렀다.

친정 나들이를 나온 사흘 만에 이제 자신이 낳아 기른 아들 진섭을 다시는 만날 수 없게 된 사실을 알았을 때 그녀는 '이렇게 사느니 차라리 굶어 죽겠다.'며 식음을 전폐하였지만 '그럴 테면 너 죽고 나 죽자.'며 물 한 모금 들지 않는 어머니 때문에 순금은 이러지도 못하고 저러지도 못하며 죽은 사람처럼 지내다가 하는 수 없이 어머니와 오라버니에게 떠밀려 자식 없는 남자에게 몸을 맡겼다.

하지만 '아수팔자 그릇되면 후 팔자 별수 없다.'더니 어찌 된 일인지 자리 잡히면 진섭을 데려다가 자신의 아들처럼 키우겠다던 사람이 1년도 못 돼서 갑자기 세상을 떠나는 바람에 '차라리 머리 깎고 비구니가 되자.'고 결심. 순금은 어머니가 늘 다니던 수덕사로 들어가 불경 공부를 시작했으나 머릿속에 아무것도 들어오지 않았다.

비구니들과 함께하는 절 생활도 말처럼 쉽지 않았다. 새벽이면 시간 맞추어 일어나 불공을 드리고 공양주를 도와 준비해야 하는 세 끼 스님 식사며, 대웅전과 선방 등의 청소도 허드렛일을 해 보지 않은 순금에겐 너무도 힘든 일과였다.

언제나 눈앞에 아들 진섭의 재롱떠는 모습이 아른거리는 터에 순금의 절 생활은 석 달을 채우지 못하고 친정집에 다시 돌아오는 신세가 되었다.

'전생에 지은 업이 많아 세상 고통 더 겪어야 한다.'며 큰스님이 집까지 바래다주시던 그날 이후로 순금은 매월 초하루와 보름날에 수덕사를 찾아가 진섭의 건강과 진섭이 큰 인물 되길 빌고 또 빌었다.

순금은 해마다 여름 방학과 겨울 방학을 손꼽아 기다렸다. 방학을 하는 날이면 한 차례씩 진섭이 다니는 학교 근처에서 먼발치로 하교하는 모습을 훔쳐보길 12년.

진섭이 고향을 떠나 서울로 대학을 들어가고 난 뒤론 한 번도 아들을 보지 못한 순금은 진섭을 보는 순간 가슴이 마구 뛰었다.

아, 얼마나 그리던 내 새끼인가. 그녀의 가슴은 말로 형용할 수 없는 기쁨에 심장이 터질 듯하여 자신의 몸을 감당키가 어려울 정도였다.

순금은 연신 진섭의 두 손을 잡으면서 '와 줘서 고맙다.'며 연신 고갤 끄덕이었다. 이곳에 자신을 만나러 아들이 잘 왔다는 뜻인지 아니면 아들이 자신을 반기는 것이 고맙다는 뜻인지 순금 자신도 분간하지 못하고 마냥 고개만 연신 끄덕이면서 머리가 희끗희끗해지기 시작하는 쉰다섯 살의 아들을 물기 젖은 눈으로 바라보고 또 바라보았다.

대청으로 오르자 진섭은 어머니와 외삼촌께 큰절을 올렸다. 절을 마친 진섭은 어머니 앞으로 다가가 어머니의 작은 손을 잡으며 울먹거렸다.

"어머니, 이제 이렇게 뵙게 되었으니 이제 제 집으로 가십시다. 큰 부자는 아니지만 편히 모시겠습니다. 오늘 저와 같이 가서서 안식구도 손자 손녀도 만나서요. 모두 어머니를 기다리고 있습니다. 딸 하나 아들 하나를 두었는데 딸은 대학 졸업 후 서울서 고등학교 교사로 근무하고 아들은 금년에 좋은 대학에 들어가 집엔 안식구와 저뿐입니다."

"……."

진섭의 말을 잠자코 듣고 있던 순금은 손수건을 눈으로 가져갔다.

"네 생모 맘이 착잡할 거다. 너를 만난 게 너무 뜻밖일 테니……."

외삼촌이 어머니와 진섭을 번갈아 보며 말씀하셨다.

"집은 좀 누추하지만 방이 여러 칸 있습니다. 생각해 보니 갑작스런 만남이어서 어머니가 오늘 저를 따라가는 건 무리일 것 같네요. 어머니께서도 이곳을 정리할 시간이 필요할 것 같으니 다음 토요일에 모시러 오겠습니다."

"진섭아, 네 뜻은 참으로 고맙다만 내 어찌 네 앞에 떳떳이 에미라고 나설 수 있겠느냐? 내 걱정 말거라."

"저는 그동안 어머니가 저를 버렸다고 생각했습니다. 그래서 철이 들면서부턴 어머니를 찾기 싫었습니다. 어쩌다 어머니가 보고 싶을 때면 뒷마당의 장독대를 한없이 바라보았어요. 중학교를 들어가고 나니 '왜 어머니는 날 찾지 않을까?' 오기가 생겼어요. 자식 내팽개치고 어머니 혼자 잘 먹고 잘 산다는 생각을 하니 어머니가 한없이 미워졌을 뿐만 아니라 어머니를 내쫓은 아버지도 너무 미워서 얼굴을 마주하고 싶지 않았어요. 내겐 어머니도 아버지도 모두 필요 없다는 생각이 들기 시작하면서 집이 싫어졌어요. 대학을 서울로 간 후로는 방학이 돼도 집에 내려오지 않았어요.

 그런데 오늘 어머니를 이렇게 뵙고 나니 어머니에 대한 미움과 야속함이 씻은 듯이 다 없어지네요. 그동안 어머니를 찾지 않은 불효가 가슴을 때립니다. 용서해 주십시오, 어머니. 죄송합니다. 늦었지만 이제부터라도 어머니를 잘 모시게 해 주세요. 안식구도 행동거지가 반듯한 사람으로 심성이 고와요. 어머니 얘기를 하니 혼자 얼마나 외로우셨을까 말하면서 눈물을 흘리더군요.

 안식구는 오늘이라도 어머니를 모시고 오라 했지만 이곳 정리할 시간도 있어야 할 것 같네요. 안식구와 같이 모시러 올게요."

 "아니다. 내가 무슨 염치로 네 효도를 받겠니? 내 걱정 말거라."

 진섭은 한사코 어머니의 손을 잡고 자신을 따라 가야 한다고 말했으나 순금은 연신 '사람 노릇 못한 에미라.'며 '내 걱정 말라.'고 했다.

 잠시 후 어머니는 12첩 반상을 외삼촌과 진섭이 앞에 내

놓았다. 모두가 진섭이 좋아하는 음식으로 간도 잘 맞고 그릇마다 담겨 있는 모양새가 너무 예뻤다.

"아니, 어머니. 이 많은 음식을 언제 이렇게 준비하셨어요?"

"아침에 감나무 위에서 까치가 울더구나. 혹여 손님이 올까 싶어 음식 장만을 넉넉하게 해 두었더니 아, 네가 올 줄이야……."

어머니가 반상기의 뚜껑을 열고서 진섭의 손에 수저를 쥐어 주시며 국을 한 모금 떠먹어 보라고 말했다. 뭇국을 한 수저 입에 떠 넣은 진섭은 목이 메어 수저를 내려놓았다.

"왜, 입에 맞지 않느냐?"

어머니의 걱정스런 얼굴을 보며 진섭은 손등으로 눈물을 닦았다.

"아닙니다. 어머니가 차려 주신 밥이니 맛있게 먹겠습니다."

순금은 진섭이가 목메지 않게 연신 국물을 떠먹게 하였고 이런 순금의 자상한 모습에 진섭의 마음은 어린애처럼 따뜻해졌다.

저녁밥을 먹은 후 소반 위에 놓인 접시에 큼직한 배를 깎아 놓는 어머니를 향해 외삼촌이 한마디 거들었다.

"진섭 에미야, 진섭이 말대로 하렴. 너도 이제 세상 마감해야 할 늙은이가 다 되었잖니? 이러다 몸이라도 아프면 어쩌려고 그래?"

"오라버니, 제 걱정 마시고 서울로 가셔요. 어떻게 하면 제 한 몸 건사 못 하겠어요. 아프면 아픈 대로 살아가는 거지요." 굳은 표정으로 완강히 거절하는 어머니였다.

날이 어두워지자 다음날을 약속하며 자리에서 일어났다. 터미널까지 진섭을 배웅하겠다는 어머니께 처와 아이들을 데리고 다음 토요일에 다시 오겠다는 말을 남긴 뒤 외삼촌 댁을 나왔다.

가을밤의 어둠 사이로 귀뚜라미 울음소리가 시원하게 들려왔다.

3. 옛 동무

 진섭을 보내고 대충 부엌을 정리한 순금은 대청마루에 앉아 환하게 떠 있는 둥근달을 바라보았다.
 어릴 적 동무인 보해 얼굴이 떠올랐다. 쌍꺼풀 눈에 얼굴이 동그스름해서 동네 사람들은 보해 어머니에게 '가시나가 이다음 남자 꽤나 울리겠다'며 농을 건넸다.
 순금네 옆집인 보해네 초가삼간 뒷마당은 순금과 보해의 놀이터로, 그곳에선 누구의 간섭도 받지 않고 멍석 위에 앉아 오순도순 시간을 보냈다. 공기도 하고 뜨개질도 하며 순금과 보해는 죽을 때까지 변치 말자고 손가락을 걸고 머리카락을 베어서 서로에게 건넸다.
 보해의 아버지는 봇짐장수로 두어 달에 한 번씩 집에 오는 데다가 하룻밤 지나면 다시 길을 떠났기에 순금은 명절 때나 보해 아버지를 울타리 너머로 힐끗 쳐다볼 뿐이었다.

보해 어머니는 손끝이 야무진데다가 손맛도 남달라 순금네 부엌살림이며 여러 식구들의 옷가지를 도맡아 책임지고 있었으며 순금을 친딸 보해보다도 더 예뻐했다. 잔치나 제사 때 특별한 음식을 만들 때면 보해 어머니는 딸보다도 순금을 먼저 챙기는 통에 순금 어머니는 '딸을 바꾸어 살아야겠다'며 크게 웃었다.

고명딸인 순금과는 달리 외동딸인 보해는 순금과 같이 소학교에 들어갔지만 12살이 된 어느 날 밤, 소리 없이 자취를 감추었다.

동네 사람들은 보해 어머니가 새 남자를 따라갔다며 짝 잃은 기러기가 된 순금이를 놀려 대서 순금은 아에 대문을 걸어 잠갔다.

순금의 어머니는 '그 남자 따라가면 평생 고생한다고 그토록 말렸는데도 내 말 듣지 않고 야반도주했다.'며 보해 어머니를 여간 괘씸하게 여기고 있지 않아서 순금은 어머니에게 보해 이야기를 꺼내지도 못했다.

열아홉 살이 되던 가을, 여기저기 언덕길에 구절초가 만발할 때 오라버니를 따라 나선 온양 장터에서 생각지도 못한 보해를 만났다.

포목점에서 치마저고리 감을 고르고 있는데 머리를 길게 묶은 아가씨가 다가오더니만 주인에게 광목을 살 수 있느냐고 물었다. 주인이 얼마나 필요하냐고 물으니 한 필은 돈이 좀 모자랄 것 같으니 반 필만 끊어 달라고 말하는 아가씨의 얼굴을 본 순간 쌍꺼풀 눈에 얼굴이 동그스름한 게 7년 전 헤어진 보해였다.

"보해야, 너 보해 맞지?"

순금을 쳐다보던 아가씨는 들고 있던 보따리가 땅에 떨어지는 것도 모른 채 눈을 크게 뜨더니만 순금의 손을 덥석 잡았다.

"순금아, 아, 순금이구나. 여기서 이렇게 만나다니…… 옛 동무 순금이를 이렇게 만나다니……."

순금과 보해는 마주 잡은 두 손을 놓지 않고 연신 이름을 불렀다.

오라버니가 '국밥집에 들어가서 점심 먹어 가며 천천히 그동안 있었던 얘기 좀 들어 보자'고 하여 순금과 보해는 치마저고리와 광목 값을 치르고 오라버니 뒤를 따라 장터 입구에 있는 국밥집으로 들어갔다.

보해는 어머니를 따라가기 싫었지만 마땅한 일가붙이도

없기에 어쩔 수 없이 대전으로 내려가 새아버지 집에서 살게 되었다면서 눈물을 훔쳤다.

전쟁이 끝났다고는 하지만 6.25의 흔적은 여기저기 남아 있었다. 사방에 널려 있는 지게꾼들이 짐을 실으려고 몸싸움까지 하는 때여서 여자들의 일자리는 고작 남의 집 일을 봐 주고 밥을 얻어서 먹을 수만 있어도 다행이었다.

손이 부르튼 보해의 남루한 옷차림은 말하지 않아도 그동안의 고생을 짐작할 수 있었다.

툭하면 술 마시고 들어와 매질을 하는 새아버지의 폭력을 건디다 못한 보해 어머니는 전쟁 중에 보해를 남의 집에 맡기고 어디론가 종적을 감추었다고 한다.

새아버지 눈에 뜨이면 맞아 죽을지도 모른다면서 보해에게 에미는 죽었거니 여기고 굶지 말고 악착같이 살아남으라는 말 한마디를 남긴 채 떠났다고 한다.

손끝이 야무진 보해는 몸담고 일하는 집이 작은 규모로 가내 창호지 공장을 하고 있었기에 낮에는 공장 일을 하고 조석으로 주인집 일을 거들면서 옷가지 하나 사 입을 생각 않고 돈을 모았다고 했다.

그러다 올봄, 공장이 문을 닫게 됨에 주인집에서 부산으로 함께 내려가자고 하는 걸 거절하고 지금 살고 있는 남편과 온양읍에서 30여 리 떨어진 배방면 이내마을로 올라와 닭 키우는 일을 돕고 산다면서 계속 순금의 손을 놓지 않았다.

보해의 배를 보니 아기를 가진 것 같았다.

서로 가진 게 없어서 식은 올리지 못하고 닭 집 옆에 딸린 작은 방 한 칸에서 지낸다면서 아기 기저귀를 장만하느라 읍내에 나왔다가 순금을 만나게 되었다며 보해는 연신 눈물을 훔쳤다.

오라버니가 보해에게 국밥을 한 그릇 더 시켜 주었다. 보해는 국밥이 입에 맞는지 오라버니 덕분에 아기 몫까지 먹게 되었다며 배시시 웃었다.

전쟁이 나자 순금 어머니는 집과 전답을 집사인 김 씨에게 맡기고 큰아들이 일본서 돌아온다는 소식에 집에 있는 두 아들과 순금을 데리고 부산 작은집으로 내려갔다.

작은집은 고기잡이배도 두 척이나 갖고 있는 부잣집어서 순금네는 전쟁과 상관없이 별채에서 풍요롭게 지냈다.

전쟁이 끝나자 순금네는 신례원의 옛 고택으로 돌아왔다. 김 씨가 알뜰살뜰 집을 살펴주고 전답 관리를 잘해 놓고 있어서 보릿고개로 허덕이는 이웃과는 달리 헛간엔 여름을 날 수 있는 볏가마니가 수북하게 쌓여 있었다.

가난한 이웃을 많이 도와주는 순금 어머니는 부산에서 올라올 때 가지고 온 돈으로 미군 부대에서 나오는 밀가루를 싼값에 사서 이웃에게 나누어 주었을 뿐만 아니라 처녀 때 선교원에서 배운 영어로 여기저기 흩어져 있는 미군 부대를 이리 뛰고 저리 뛰어다니면서 미군들에게 많은 물자를 얻어내 헐벗고 굶주린 이웃들이 따뜻하고 배불리 지낼 수 있도록 도와주었다.

순금의 이야기를 들으며 보해는 '마님은 모두에게 하나같이 잘 대해 주셨어. 어떤 잘못을 해도 화 한 번 내지 않으셨지. 내 형편이 우연만 해도 한번 가서 뵈어야 하는데……. 늘 궁금하면서도 가지 못했어.' 하며 또 눈물을 글썽였다.

신례원서 당진 쪽으로 올라가다가 용궁리로 들어서서 한참을 걷다 보면 추사 김정희의 증조부가 지었다는 고대광실 같은 추사고택이 눈에 들어온다.

그 해 추석이 지나자 12살 난 순금과 보해를 우마차에 태운 아버지는 추사고택에 도착한 후 추사의 그림과 집안 내력을 이야기해 주었지만 순금과 보해는 어머니가 싸 주신 약밥과 한과를 먹으며 건성으로 대답하면서 고개만 끄덕거렸다.

추사고택을 한 바퀴 돌고 나서 우마차에 올라 언덕길을 넘어가니 커다란 묘 입구 왼쪽으로 삿갓 모양의 솔잎을 받치고 있는 등껍질이 하얀 소나무가 의연하게 서 있는 게 아닌가.

이 백송은 1809년에 김정희가 아버지를 따라 연경에서 얻어온 종자를 고조부 묘 앞에 심은 것으로 나이가 150살이 된 희귀한 소나무다.

우마차에서 내린 순금과 보해는 백송의 모습에 넋을 잃었다. 정오의 햇빛을 받아 반짝이는 백송의 모습은 어린 순금과 보해의 눈에 신선들이 사는 세상의 나무처럼 보였다.

신례원 집 뒷산에 있는 고조부가 심었다는 몇십 년 된 적송도 양쪽으로 휘어진 모양새가 매우 보기 좋았지만 백송처럼 은빛 비닐 기둥을 가진 고고한 기품은 찾아볼 수 없었다.

한나절 밝은 햇빛 사이로 의연히 서 있는 회백색의 백송 모습에서 순금은 지난해 세상을 떠나신 조부의 서재 벽에 걸린 그림, 그 그림이 바로 이 백송이었음을 한눈에 알 수 있었다.

남자로 태어났으면 훌륭한 선비가 되었을 거라면서 병석에 누워 계시면서도 순금에게 한학을 가르쳐 주시던 할아버지가 백송의 모습으로 세상에 다시 태어나 순금을 향해 말하는 것 같았다.

'대장부 같은 넓은 마음으로 사람을 대하고 못 배운 사람들을 업신여겨서는 안 된다'고 벼루에 물을 넣고 먹을 갈 때마다 말씀하시던 할아버지의 모습.

순금은 할아버지가 생전에 늘 하시던 말씀을 되뇌면서 한참 동안 그 자리에 서서 백송을 바라보았다.

순금은 백송처럼 귀하고 우아하게 살고 싶었다.

잔가지 위에 무수한 솔잎을 입고 있는 백송의 모습을 보고 있자니 마치 자신이 귀한 신분의 공주가 된 것 같은 생각이 들어서 보해의 손을 잡으면서 '커서 백송처럼 귀하게 살자'고 말한 그때가 보해와의 마지막 나들이가 되었다.

서로의 지난 일을 얘기하느라 국밥이 차갑게 식어서 오라버니가 식당 주인에게 국밥을 다시 덥혀 달라고 부탁했다.

보해의 거칠어진 손을 만지면서 순금은 말할 수 없이 서글펐다. 백송처럼 귀하게 살자고 했는데 이렇게 험하게 살고 있다니…….

아직 할 얘기가 많았으나 우마차 떠날 시간이 다 되어 간다는 오라버니의 말에 순금과 보해는 아쉬움을 감추지 못한 채 자리에서 일어났다.

순금은 치마저고리 감을 보해 손에 쥐여 주었다. 받을 수 없다는 보해의 손에 억지로 옷감 보따리를 쥐어 주며 이내 마을 가는 길을 자세히 물어본 후 며칠 내로 시간 내서 찾아 갈 것을 약속하면서 국밥집을 나왔다.

며칠 후 순금은 오라버니와 이내마을로 향했다. 신례원 차부(우마차 타는 곳)에서 마차를 타고 온양을 지나 배방면사무소 앞에서 내렸다.

중년의 면직원에게 이내마을 가는 길을 물어보니 지름길로 가려면 저 앞에 보이는 언덕길을 끼고 돌아가라고 했다.

보해가 알려 준 길은 냇가를 끼고 나 있는, 우마차가 다니는 신작로로 시간 반은 족히 걸어야 하는데 지름길은 30분이면 족하다며 언덕을 넘으면 초가집이 한 채 보이는데 싸리나무 울타리를 돌아서 뒷길로 나 있는 언덕길을 따라 조금 더 올라가면 닭장이 보인다고 알려 주었다.

면직원은 순금과 오라버니의 옷차림을 흘낏 내려다보더니만 '닭 집 주인을 찾아온 거면 면사무소 뒤에 있는 큰 기와집으로 가라'고 말했다.

순금은 오라버니와 이내마을을 향해 지름길로 들어섰다.

어머니가 이것저것 챙겨 주신 게 꽤 무거웠지만 순금은 보해를 만날 생각에 양손에 든 보따리가 무겁다는 생각이 들지 않았다. 오라버니도 큼직한 가방을 연신 손을 바꾸어 가며 들고 걸으면서 어릴 적 보해가 오라버니를 졸졸 따라다니던 일을 얘기하며 계속 싱글거렸다.

언덕길에는 여기저기 구절초의 하얀 꽃들이 보해를 만날 기쁨에 들떠 있는 순금의 마음을 알고 있는 듯 가을바람에 하늘하늘 흔들리고 있었다.

언덕길을 내려와 초가집 뒷길로 들어서니 언덕 위로 천막 천이 뒤덮인 야트막한 닭 집이 보였다. 닭장 앞에서 계란을 줍던 보해가 허리를 펴고 언덕길을 내려다보다가 양동이를 내려놓고 순금을 향해 빨리 내려왔다.

"아니, 어떻게 왔어? 오라버니도 오셨네. 산길인데다가 너무 먼 거리여서 오겠다는 말을 지나가는 말로 들었는데……. 어떻게 이 먼 곳에 올 생각을 했어? 방이 좁고 누추하지만 잠깐 들어 와."

오라버니는 밖에서 담배 좀 태우겠다면서 보해 손에 가방을 쥐어 주었다.

외짝 문을 열고 고갤 숙여 들어간 방 안은 두 사람이 눕기도 좁은데다가 기름칠도 안 한 시멘트 포대를 바른 방바닥은 음식물을 쏟은 때문인지 여기저기 얼룩이 져 있었다. 매끄럽지 못한 벽은 언제 한 도배인지 담배 전 냄새로 흙색이 되어 있었다.

"순금아, 사는 모습이 이렇단다. 공장 주인이 부산으로 떠나면서 남편과 이곳에서 살게끔 주선해 주셨어."

"지금 남편은 어디 계셔?"

"점심 먹고 볼일 있다면서 밖에 나갔어."

"보해야, 널 만났다는 얘길 했더니 어머니가 이것저것 챙겨 주시면서 조촐하게나마 아기 낳게 되면 필요할 거라며 가방에 돈도 좀 넣어 주셨어."

"내가 어떻게 그 돈을 받아?"

"우리가 생판 모르는 남이니? 남자들 말로 하면 우린 죽마고우야. 너의 어머니와의 옛정을 내 어머니도 잊지 못하고 계셔. 그러니 아무 말 말고 받아 두렴."

"……."

"아기 낳고 나면 조촐하게 식을 올려 주시겠대. 식을 올리고 살아야 남편 딴짓 안 한다며 물 한 그릇이라도 떠 놓고 예를 갖추어야 한대."

"남편도 나처럼 일가붙이 하나도 없는 혼자 몸이야. 식을 올릴 만한 주변도 없을 뿐더러 빚이 좀 있어서 식을 올릴 수 없어."

"빚이 얼마나 되는데?"

보해는 눈물을 뚝뚝 흘렸다. 손등으로 흐르는 눈물을 닦으니 얼굴에 얼룩이 졌다. 순금이 손수건을 내주니 더러워진다며 옷소매로 얼굴을 닦는 보해의 모습이 너무 애처로워 순금도 절로 눈물이 났다.

보해의 손을 잡으며 '고생 끝에 낙이 온다고 했으니 언젠가는 잘 살 거야' 하며 위로해 주었다.

순금은 보해가 말하는 빚이 남편 빚인 것만 같은 생각이 들었으나 물어도 대답할 것 같지 않아 더 말하지 않았다.

순금이 가져온 보따리를 풀어 보니 속옷가지며 분홍색 양장 옷 한 벌에 검정색 핸드백과 구두가 있었으며 다른 또 하나의 보따리에는 노란색 저고리와 진홍색 치마 밑으로 속치마와 하얀 고무신이 들어 있었다.

어머니가 내 치수에 맞추어서 만들었기 때문에 너도 맞을 거라며 약간 들떠서 말하는 순금과는 달리 보해는 울음을 참느라 입을 꽉 다문 채 방바닥에 널린 옷가지들을 물끄러미 바라보았다.

오라버니가 주고 간 가방을 열어 보니 아기용품이 들어 있었다. 배냇저고리가 2벌, 아기 포대기, 턱받이, 소창으로 만든 기저귀가 20장, 미역 한 묶음과 황태포, 김 상자가 들어 있었다.

김이 든 상자를 열어 보니 김 위에 돈과 함께 쪽지가 들어 있었다. 보해에게 '어머니가 쓴 것 같다'며 쪽지를 주니 보해가 읽다 말고 엉엉 우는 게 아닌가. 방바닥에 놓여 있는 쪽지에는 다음과 같은 글이 쓰여 있었다.

'보해야, 7년 전 12살 어린 나이의 너를 데리고 나에게 말 한마디 없이 야반도주한 네 에미가 몹시 미웠단다.

내가 그토록 그 사람은 안 된다고 말렸는데 결국 너까지 고생시킨 네 에미가 지금도 야속하구나.

우선 이 돈으로 아기를 낳는 데 보태 쓰거라.

아기 낳고 설이 지나면 식을 올려 주마.

네 에미는 내게 우리 집 일을 거들어 주는 사람이기 전에 내가 남편 다음으로 의지했던 내 하나밖에 없는 동무였다.'

순금도 보해도 코언저리가 시큰거렸다.

보해와 내가 동무이듯이 보해 어머니와 내 어머니도 둘도 없는 동무였구나 생각하니 보해가 동무가 아닌 형제처럼 여겨졌다.

잠시 후 밖에서 인기척이 들리자 '남편이 온 것 같다'며 보해가 쪽지와 돈을 주머니에 챙겨 넣고 밖으로 나갔다.

방바닥에 펼쳐진 물건들을 보자기에 대충 싸 놓고 빈 가방을 들고서 보해 뒤를 따라 밖으로 나와 보니 오라버니는 보이지 않고 구레나룻이 험상궂은 사람이 술 냄새를 풍기면서 보해를 향해 '닭 밥 주라'고 큰 소리로 말하더니만 순금을 흘낏 쳐다보면서 방으로 들어갔다.

순금은 가슴이 철렁 내려앉았다. 남편 사랑을 받지 못하고 있는 보해의 모습에 순금의 마음은 갈래갈래 찢어지고 있었다. 아기만 아니면 보해를 신례원 집으로 데려가고 싶었다.

그만 집으로 돌아가야 할 것 같아 사방을 둘러보니 닭장 뒤에서 오라버니가 내려오고 있었다.

"왜들 나와 있어? 보해 남편은 아직 안 왔는가?"

말없이 서 있는 보해를 대신해 순금이 상황을 얘기하며 '보해가 닭을 돌봐야 할 것 같으니 이제 그만 집에 가자'고 말했다.

'아기 잘 낳아. 설 지나면 아기 보러 오겠다'고 말한 뒤 걸음을 옮겼다. 몇 발자국 가다가 뒤돌아 보는 순금의 눈에 옷소매로 눈물을 훔치고 있는 보해가 보였다. 순금은 '그만 들어가라'고 소리치며 손을 흔들었고 보해는 두 사람이 언덕길을 돌아설 때까지 그 자리에 서 있었다.

한낮의 밝은 햇빛 사이로 구절초가 하늘거리고 있었다.

구정이 지나고 순금은 오라버니와 이내마을을 찾아 갔으나 보해를 만날 수 없었다. 며칠 전 아기와 부산으로 내려갔다는 닭 집 주인의 말에 오라버니와 순금은 크게 놀랐다.

보해의 남편은 도박에 손을 대서 그 빚 때문에 보해가 일을 해도 돈 한 푼을 손에 쥐지 못했다며 남편이 집을 나가 들어오지 않자 며칠 전 딸애를 등에 업고 이곳을 떠났다고 했다.

아랫마을에 홀로 사는 교회 장로님을 따라간다고 하기에 일한 값을 좀 넉넉히 쳐주었더니 피난민 정착촌에 가면 아기와 두세 달은 족히 지낼 수 있을 거라며 혹여나 찾아오는 사람이 있으면 자리를 잡는 대로 연락하겠다는 말을 전해 달라면서 밤길을 재촉해 떠났다고 했다.

사람이 좋아 보이는 주인아저씨는 애 엄마가 야무져서 밥은 굶진 않을 거라고 덧붙였다.

보해는 그 후로 소식이 없었다.

들리는 소문도 없었다.

4. 혼인

스무 살 가을. 순금은 꽃가마 타고 시집을 갔다.

신랑이 탄 우마차에는 비단 이불이 12채에 사철 따라 만든 한복이 12벌, 놋쇠로 된 12첩 반상기에 은제 수저 3벌, 시어른 예단인 비단 이불과 보료와 12폭 병풍, 3년 동안 사용할 일용품에 시집 친척들 몫으로 만든 버선이 120죽. 거기다 고기며 각종 떡과 과일 등 순금 어머니는 눈에 넣어도 아프지 않은 고명딸을 위해 마음껏 혼수를 챙겨 주었다.

순금 어머니는 너무나 사위가 믿음직스러웠다.

어머니가 계시진 않았지만 서울서 대학을 다니다가 전쟁이 나면서 인민군의 눈을 피해 대구로 잠시 몸을 피했다가 휴전이 됨에 고향으로 돌아와 소학교(초등학교)에서 교사를 하고 있는 사위는 신언서판이라고 이목구비가 반듯한 데다가 큰 키에 의젓한 말솜씨며 글솜씨가 뛰어났을 뿐만 아니라 걸음걸이까지도 기품 있어 보여 여간 흡족하지 않았다.

　순금이 탄 가마가 온양에 다다르자 순금은 신랑과 나란히 우마차를 타고 광덕면을 지나 소정리로 들어섰다.

　마부는 잠시 목을 축인 뒤 곧바로 길을 떠나 점심 무렵엔 조치원에 도착, 점심을 먹은 후 대전을 향했다.

　대전역을 지나서 동쪽을 향해 한참을 가니 병풍처럼 둘러싸인 산 아래로 20여 호가 자리 잡고 있는 새울동네가 보였다.

　시아버지 도 씨는 우마차가 도착하길 기다리느라 아침부터 내내 점심도 먹지 않고 동구 밖을 오르내리길 여러 번. 우마차가 동네 길로 들어서자 잔치 음식을 늘어놓은 뒷마당에 가서 새각시 방에 들여놓을 음식을 어서 준비하라고 소리쳤다.

　마을 입구에 다다르니 가마가 준비되어 있었다. 순금은 우마차에서 내려 가마에 올랐다.

　커다란 느티나무 밑에 자리 잡은 큰 우물가를 지난 가마는 마을 길을 지나 산 밑의 큰 대문이 있는 집 앞에서 멈추었다. 초가였지만 디귿자 형으로 대청 건너서 건넌방도 있었고 대문에 딸린 문간방도 있었다.

　너른 앞마당 곳곳에 깔아 놓은 멍석에는 어른 아이 할 것 없이 여기저기서 많은 웃음꽃을 피워 가며 음식을 먹고 있었다.

 폐백을 드리는 자리에서 시아버지가 '내 다른 건 장담 못 해도 아들이 딴짓은 안 할 거라'며 '아들 딸 많이 낳아 잘 기르라'고 하면서 아기 주먹만 한 밤과 살이 많이 찐 대추를 원삼 앞자락에 던져 주었을 때 순금은 긴장한 속에서도 내심 마음 한구석이 푸근했다.

 순금의 아버지는 아들 못지않게 똑똑하고 생각이 깊은 딸을 위해 30리나 떨어진 예산 읍내로 순금이 중등과정까지 마칠 수 있도록 이른 새벽부터 우마차에 태워 학교에 데려다주었다.
 철이 들면서 순금은 의사가 되어 병으로 고통받는 사람들과 함께하고 싶었지만 여자가 그만큼 공부하면 족하다며 순금 아버지는 딸의 서울 유학을 허락하지 않았다.
 순금은 보해와 같이 어린 시절에 할아버지께 한학과 붓글씨를 배웠는데 그 수준이 보통이 아니어서 남편은 '우리 집에 신사임당이 들어왔다'며 순금을 동반자로 맞이한 건 자신의 일생일대 행운이라면서 존대하며 순금을 깍듯이 대했다.
 순금은 남편과 둘이만 있을 때는 일본어로 의사를 소통하였으며 물건값을 헤아리는 셈도 한국어보다 일본어가 먼저

튀어나와 시아버지는 '똑똑한 새아기'라며 순금을 아주 예뻐했다.

해마다 추석날 밤이면 달구경 하자고 남편은 순금의 손을 잡고 집 뒤 언덕에 올랐다.

그 어느 때보다도 크고 둥근 한가위 보름달을 바라보면서 순금과 남편은 소원을 빌었다.

"여보, 달이 참 밝지요? 당신은 어떤 소원을 빌었소?"

"저는 아들이 건강하게 자라서 훌륭한 사람이 되게 해 달라고 빌었어요."

"훌륭한 사람이라면 대통령?"

"아니요. 사람 도리를 알고 사람 도리에 맞게 사는 사람이 훌륭한 사람이라고 생각해요."

"역시 당신은 남다르군요. 도리를 알고 도리에 맞게 사는 사람이라. 이는 나보고도 하는 말 같구려."

순금의 손을 잡으며 '당신에게 앞으로 살면서 좋은 남편이 되겠다'고 다짐하던 남편였지 않은가.

5. 다시 찾은 이내마을

75살의 순금도 여느 노인네들처럼 아침잠이 없었다.

진섭이 다녀간 다음날 아침, 순금은 길을 나섰다.

50여 년의 세월 동안 세상은 많이 변했다.

우마차가 다니던 시절과는 달리 신례원역에서 기차를 타고 배방역에 내리니 예전 모습은 하나도 남아 있지 않았다.

초가집들은 모두 사라지고 여기저기 이층 건물이 서 있었으며 이내마을을 바라보니 닭장으로 가는 언덕은 온데 간 곳 없어지고 크고 작은 양옥집들이 빼곡하게 들어서 있었다.

냇물 건너편의 야트막한 산자락엔 여기저기 공장 건물이 즐비하게 서 있었으며 냇물을 끼고 나 있는 신작로는 자동차가 다니는 큰길로 변해 있었다.

순금은 옛 기억을 더듬으며 역 앞에서 자동차로 이내마을을 향했다. 그 옛날에는 걸어서 시간 반을 가야 했던 신작로

가 자동차로는 10분도 채 안 되는 거리였으니…….

초가집이 있었을 만한 곳에 낡은 슬레이트 지붕으로 된 집이 한 채 보였다.

자동차에서 내린 순금은 치맛자락을 여며 잡고 슬레이트 집 울타리를 따라 뒷길로 들어서니 언덕길이 보였다.

길은 자동차가 드나들 정도로 넓혀져 있었다.

걸음을 빨리하여 올라가 보니 닭장은 수십 마리의 소가 들어 있는 우사로 바뀌어져 있었고, 우사 앞으로 나 있는 길 끝으로 노랗고 하얀 국화가 양쪽 가장자리에 심어져 있는 작은 마당이 보였다.

그 위로 몇 계단 위에 서 있는 빨간 양옥집.

마당 한 쪽에 매어 있는 커다란 개가 우렁찬 소리로 짖어대자 주인인 듯 보이는 머리가 하얀 할아버지가 현관에서 나와 우사 앞에 있는 순금을 보더니 천천히 내려오기 시작했다.

"혹시 옛날 닭장 주인이세요?"

"아, 그렇소만. 뉘신가요?"

"저, 아주 오래전에 여기 살던 보해라고…… 생각나시는지요?"

"보해? 보해가 누구지?"

"50년 전, 이곳에서 닭을 돌보며 살았어요."

"아, 그 애기 엄마. 가만있자, 세월이 많이 흘렀지만 자세히 보니 그때 친구라며 찾아왔던 것 같은데……."

"네, 맞아요. 그동안 소식을 듣지 못했어요. 50년이 지난 세월이지만 혹시나 이곳에 오면 소식을 알 수 있을까 싶어서요."

"잠깐 의자 좀 내올 테니 좀 앉으시겠수?"

주인 할아버지는 우사 옆에 있는 창고에서 각목과 합판 조각을 잇대서 만든 나무 의자를 가져왔다.

순금은 주인의 권유에 내키지 않았지만 내색하지 않고 삐그덕거리는 의자를 끌어당겼다.

"사람의 인연이란 참 묘합디다. 남보해 권사를 만난 건 참으로 기적 같은 일이었어요."

"보해가 교회 권사가 되었나요?"

"네. 하나님의 은총을 크게 입었지요."

"……."

"혹시 박태선 장로를 알고 있나요?"

"……."

"그럼 신앙촌 물건은 알고 계시나요? 아마 우리나라 사람들 치고 신앙촌 물건을 안 써 본 사람이 없을 겁니다. 시계며

밍크 담요. 신앙촌에서 만든 간장은 아주 품질 좋은 공산품이지요. 이밖에 초콜릿이며 두부 등 수십 가지 물건을 만들어 내는 신앙촌의 우두머리 되는 분이 박태선 장로입니다.

어느 날 박태선 장로가 온양에서 부흥 집회를 한다는 소식을 듣고 10여 년을 하혈로 잘 걷지도 못하는 장모가 부흥 집회 가 보길 소원하기에 내키지 않았지만 마누라 생각해서 장모님을 모시고 부흥 집회에 갔는데 참으로 신기하게도 이튿날부터 하혈이 멈추고 걸어 다니지 뭡니까. 그 후로 우리 가족은 장모님을 따라 온양 전도관을 다니기 시작했지요.

세월이 지나 신도의 수가 100만이 되었을 즈음에 운영 과정에서 문제가 일어나 교회가 붕괴되고 박 장로가 타계하면서 따르는 신도들이 영혼의 구원에 대한 소망을 잃고 여기저기 흩어졌답니다. 혹시 교회에 다니시나요?"

"아네요."

"그럼 제 얘기가 재미없겠군요. 남보해 권사님 얘기를 하려니까 내 얘기를 안 할 수가 없네요. 당시 많은 신도들이 우왕좌왕하며 믿음이 흔들리고 있을 때 서울에 하나님의 새로운 말씀을 전하고 있다는 소식을 접하고 수소문 끝에 제기동에 있는 에덴 교회라는 곳을 찾아갔습니다. 거기서 당시 직분이 집사였던 남보해 권사를 만났습니다."

"그럼 지금 보해가 제기동에서 살고 있나요?"

"아녜요. 남 권사는 지금 상천에서 봉사를 하고 있습니다."

"상천이 어디에 있는 도시죠?"

"거긴 도시가 아니라 산촌입니다. 서울 청량리에서 경춘선으로 갈아타고 1시간 정도 가다 보면 청평역이 나오는데 그 다음 역이 간이역으로 아주 작은 상천역이에요. 역에서 내리면 길 건너로 꼭대기에 에펠탑이 보이는 유스호스텔 건물이 보이고 맞은쪽엔 교회가 운영하는 에덴 휴게소가 있는데 남 권사는 그곳 음식점에서 봉사하고 있어요."

순금은 난생 처음 듣는 신앙촌 이야기가 낯설었지만 보해의 소식을 알 수 있는 곳이라니 귀담아 잘 들을 수밖에 없었다.

집으로 돌아온 순금은 오라버니에게 보해 소식을 전하면서 내일 아침 일찍 상천에 가 보겠다고 하니 '여자 혼자 그 먼 길을 어떻게 가느냐?'며 오라버니가 승용차로 같이 가자고 했다.

순금은 밤에 잠이 오질 않았다. 아들을 만난 일도 꿈만 같은데 '이 밤이 지나면 보해를 만날 수 있다'는 생각은 밤새 순금의 머릿속을 어지럽혔다.

6. 그리움의 나들이

 아침을 먹자마자 운전하고 가는 중에 마실 보리차와 간식을 챙겨 가지고 오라버니와 같이 차에 올랐다.
 신례원서 경부 고속 도로를 거처 하남 IC로 들어서니 팔당댐에서 나오는 남한강 물이 유유히 흐르고 있었다. 팔당 대교를 건너면서 오라버니는 나온 김에 유람도 겸하자며 속도를 낮추면서 전도관에 대해 이야기를 시작했다.
 "신앙촌은 한 때 100만 신도를 갖고 있는 거대한 종교 집단으로 우리나라에 혜성처럼 등장한 신흥 종교였어. 지도자인 박태선 장로라는 분은 신유 은사를 크게 입어 그분이 가는 집회 장소마다 앉은뱅이가 일어서고 벙어리가 말을 하며 중풍 환자가 낫는 등 수없이 많은 이적이 일어났어. 신도들의 수가 늘어나자 박 장로는 대한 기독교 협회로부터 탈퇴하고 전도관이라는 이름으로 우리나라 곳곳에 예배당을 세웠어. 덕소, 소사, 부산 기장은 5만 제단, 10만 제단이라는 이름 아래 신도들의 수는 기하급수적으로 늘어났어. 이들은 자체적으로 자급자족을 위한 생필품 공장을 여기저기 세워서 물건을 팔았어. 너나 나나 할 것 없이 신도들은 머리에 물건을 이고 이집 저집 다니며 장사를 했지.

말이 100만이지 시계가 100만 개씩 팔린다면 그 이익은 숫자를 헤아릴 수 없지 않아?

신앙촌 공장에서 나오는 생필품은 수십 가지로, 모든 물건들의 품질이 우수해서 어머니도 밍크 담요를 두 개나 사셨어. 머지않아 시온 그룹이 생긴다는 말까지 나돌았어. 들리는 말로는 삼성 이병철 회장이 박태선 장로가 시온 그룹 회장이 되는 건 시간문제라며 매우 긴장했다더군."

"오라버니는 어떻게 전도관에 대해서 그리 잘 알아요?"

"내 친구 유상수를 너도 잘 알고 있지? 그 친구가 너를 맘에 두고 있어서 여름 방학 내내 우리 집에서 지내던 일을 너도 기억하지? 그 친구가 전도관에 빠져서 학교를 그만두고 전도사로 나간 거야. 3년 후면 재림주가 오신다며 주를 위해 충성해야 할 때라면서 우리들을 향해 열변을 토하는 그 친구를 보고 나는 아주 실망했어. 시골에서 뼈 빠지게 농사지어 학비를 대는 부모님의 애원은 물론 죽마고우의 우정도

헌신짝처럼 버리며 주를 위해 충성해서 재림주를 따라 영생의 길을 가겠다니…….

그 후 얼마 되지 않아 문어발처럼 뻗어 있는 신앙촌의 공장들이 경영 부실로 문을 닫게 되고 오신다는 재림주는 오지 않고……. 거기다 박태선 장로까지 세상을 떠나고 나니 신도들은 구심점을 잃고 신앙의 방랑자들이 되었지."

"상수 오빠는 그 후 연락이 닿았어요?"

"박태선 장로가 세상 떠나고 얼마 있다가 그 친구는 세상 살맛을 잃었는지 약을 먹고 인생살이를 끝냈다더군. 머리 좋고 재주가 뛰어난 친구였는데……."

팔당댐을 지나 청평으로 향하는 길은 운치가 퍽 좋았다. 아직 이른 가을이어서 단풍이 들진 않았지만 햇빛에 반짝이는 강물이 마음을 푸근하게 해 주었다.

다산 정약용 선생의 고향인 능내리를 지나면서 '언제고 시간 내서 다산 유적지를 돌아보고 또 호화 별장이 많다는 양평에도 가 보자'는 오라버니 말에 고갤 끄덕이며 '다음에 올 땐 보해도 같이 구경하면 좋겠다'고 말했다.

에덴 휴게소는 승용차로 1시간 반밖에 걸리지 않았다. 생

각보다 가까운 거리였다. '얼마 멀지도 않은 거리에 보해가 살고 있다니…….'

아직 점심 먹기는 이른 시간이어서 순금과 오라버니는 휴게소 건물 밖에 있는 야외용 의자에 앉은 후 사방을 둘러보았다.

교회가 운영한다는 휴게소라서 작고 볼품없을 것으로 여겼는데 그 규모가 커서 놀라움을 감출 수가 없었다.

건물은 2층으로 튼튼하게 둥근 기둥이 세워져 있었고 지붕은 특이하게도 빨간색 돔으로 되어 있었다. 대리석으로 계단을 만들고 외벽을 두른 건물을 보니 교회의 규모를 대충 짐작할 수 있었다.

이층에 라이브 카페의 간판이 보였으나 노래를 잘하지 못하는 순금은 별 관심이 없었다. 노래를 좋아하는 오라버니는 지방 휴게소에 라이브 카페가 있다는 게 흔치 않은 일이라며 자리에서 일어나 이층으로 오르는 나무 계단의 카페 입구로 들어가더니만 1분도 채 안 되어 곧바로 내려왔다. 카페가 수리 중이라며 휴게소 주변을 한 바퀴 돌아보자고 하였다.

"보해부터 만나야 하지 않을까?"

"아직 점심 전이니 허리도 펼 겸 좀 걷자꾸나. 나도 80 넘은 노인이거든."

　순금은 오라버니 뒤를 따라 주차장을 가로질러서 큰 도로를 건너도록 만든 육교 중앙에 서서 12층 건물 꼭대기에 있는 탑을 올려다보았다.

　"오라버니. 저기 높은 건물 꼭대기에 보이는 철제 탑, 대체 누가 만들었을까?"

　"아, 저건 파리에 있는 에펠탑을 본떠서 만든 거네. 실물은 아주 어마어마하게 크거든. 모양이 거의 흠잡을 곳 없이 똑같은데? 그런데 어떻게 이 건물 꼭대기에다 에펠탑을 세울 생각을 했을까? 누가 이런 기발한 생각을 했을까?"

　순금과 오라버니는 에펠탑이 있는 건물로 들어가 엘리베이터를 타고 12층의 스카이라운지로 올라갔다. 스카이라운지에서 내려다 뵈는 휴게소의 주차장엔 대형 버스와 승용차들이 줄지어 서 있었으며 볼링장이며 수영장과 사우나 등 여러 가지 시설을 알리는 간판이 여기저기 눈에 띄었다.

　점심 전이어서 주문한 커피를 마시면 식사를 잘 할 수 없을 것 같아 커피를 들고서 휴게소를 향했다.

　휴게소 앞에 다다른 오라버니는 주유소에서 기름을 넣겠다며 자동차를 세워 놓은 곳으로 가고 순금은 자율 식당으로 들어가 보니 평일인데도 빈자리가 많지 않았다.

순금은 카운터 앞으로 다가가 직원에게 보해가 봉사하는 곳을 물으니 바로 여기서 일한다며 주방을 향해 소리쳤다.

"남 권사님, 누가 찾아요."

"나를? 나는 찾아올 사람이 없는데……."

곧 주방용 모자를 쓰고 빨간색 앞치마를 입은 보해가 나타났다. 순금은 보해를 알아보고 '잘 찾아왔구나' 하는 생각에 안도의 숨이 내쉬어졌으나 보해는 카운터 앞에 서 있는 순금을 알아보지 못했다.

"김 양, 대체 누가 찾아왔다는 거야?"

"카운터 앞에 여자분 계시잖아요."

보해가 주춤주춤 순금의 앞으로 나오더니만 그 큰 눈이 휘둥그레졌다.

"아니? 순금이, 순금이가? 네가 여길 어떻게? 어떻게 여길 찾아왔어? 내가 여기 있는 걸 어떻게 알았어? 오라버니도 같이 오셨네."

보해는 문을 들어서는 오라버니를 바라보면서 순금의 손을 잡더니만 우선 점심이나 들자며 식당 한쪽에 자리를 잡았다.

19살 때 헤어진 후 반세기가 지난 지금, 보해는 사는 게 편안한지 나이보다 10년이나 젊어 보이는 데다가 얼굴엔 연신 웃음이 떠나질 않았다.

　이곳 자율 식당엔 반찬이 골고루 준비되어 있다면서 북엇국에 고등어조림 등 여러 가지의 반찬을 주문하니 식탁이 잔칫상처럼 꽉 찼다.

　보해가 사 준 점심을 먹고 오라버니는 자동차에서 눈 좀 붙이겠다며 주차장을 향하고 순금은 보해를 따라 주유소 옆의 음식점 건물 3층으로 올라갔다.

　보해가 살고 있는 3층 원룸은 혼자 살기 족한 크기로 흰색 벽지에 이불장과 옷장도 흰색이고 옆으로 놓여 있는 작은 화장대도 흰색이었다. 커튼도 흰색 레이스로 되어 있어서 보해의 깔끔한 성격이 그대로 엿보였다.

　"순금아, 그동안 연락을 주지 못해서 미안하다. 그럴 만한 사정이 있었어. 대체 여긴 어떻게 알고 찾아온 거야?"

　"어제 이내마을에 갔었어."

　"이내마을이라고?"

　"닭장 아저씨를 만나 네가 교회 권사가 되었다는 소식을 듣고 나니 하루도 더 지체할 수 없었어. 대체 이내마을 떠나 부산으로 갔다던 네가 어떻게 이곳에 있는 거야?"

　"나이 많은 남편을 만났기에 내게 잘해 줄 줄 알았더니만 내가 한 푼도 쓰지 않고 모아 놓은 돈을 노름으로 다 날리더구나.

그 후 술 퍼마시고 집에 들어오지 않기에 첫 단추 잘못 끼웠으면 다시 끼우는 게 상책이다 싶어 닭장 주인 도움을 받아 부산으로 내려갔어."

"교회 장로님하고 같이 갔다면서?"

"응. 이내마을에 온 뒤로 내게 교회에 나가자고 여러 번 권했던 분으로 이북에 처자식 놔두고 혼자 내려와 사시는 분이셨어. 그분을 따라 부산으로 내려가 아미산 기슭에 있는 피난민촌에 정착하면서 그분이 남편 아닌 남편 노릇을 해주셨어.

아미산은 공동묘지로 경사가 아주 가팔라서 사람들이 집을 지을 수 없는 곳이었지만 함께 모여 살아야 한다는 의지를 갖고 있는 피난민들은 묘지에 천막을 치고 살았어.

그렇게 1년을 천막집에서 지내다가 아미산 아래에 있는 다대포 항구로 내려와 월세방 얻어 살며 생선을 팔아 보았지만 붙임성이 없는 나는 돈을 벌기는커녕 빚만 늘어나더군.

그 장로님은 대신동에 있는 장로교회 전도사였는데 성품이 온화하고 구두 수선 기술이 있어서 나를 많이 도와주셨어.

딸아이가 백일해로 열이 40도까지 올랐을 때 그 장로님이 없었다면 아마도 그때 딸을 잃었을 거야. 나이 차이가 많아 아버지 같은 분이셨지.

　세상이 사람 좋다고 오래 사는 게 아니더군. 그 장로님께서 갑자기 교통사고로 세상을 떠나게 되자 길바닥에 나앉게 된 나는 어린 딸을 데리고 무작정 상경해서 서울역 뒤에 있는 칼국수 집에 들어가 주인아주머니를 붙잡고 살려 달라고 애원했지. 음식점 주인은 주방 뒤에 딸린 작은 뒷방 하나를 내주며 애도 키워야 하니 월급을 반만 주겠다고 하기에 월급은 바라지도 않는다고 말하곤 주방 일을 거들기 시작했어."

　"주방 일도 많이 힘들었을 텐데?"

　"일은 고되었지만 장사하는 것보다 맘이 편했어. 주방 일은 말없이 나 혼자 하면 되는데 장사는 입을 놀려서 남의 지갑을 열게 해야 하잖아.

　고달픔을 참고 묵묵히 일했더니만 1년, 2년 지나면서 아이도 잔심부름으로 나를 돕게 됨에 월급도 제대로 받게 되었어. 점점 사는 게 재미있어지더구나. 돈 모으는 재미도 쏠쏠했고 아이 크는 모습도 여간 예쁘지 않았어.

　내 얘기만 하고 있구나. 너는 자식을 몇이나 두었어? 남편도 잘 만났겠지? 사는 곳은 어디야?"

　순금은 빙긋이 웃으며 대답을 피했다.

보해가 계속 말을 이어 갔다.

"사람 팔자가 참 묘하더구나. 돈이 모아져서 학교 갈 때가 된 딸을 위해 음식점 뒷방 신세에서 벗어나고자 부엌이 딸린 전셋집을 얻어 나가기로 주인아주머니와 의논이 된 그 날, 신용 금고에서 돈을 찾아다가 서랍에 넣어 두었는데 이튿날 아침에 보니 감쪽같이 없어진 거야. 너무도 기가 막혀 멍하니 서 있는데 갑자기 한 남자가 가게 문을 세차게 밀치고 들어오더니 '이 사기꾼년 어디 갔느냐?'고 소리소리 지르지 않겠어? 그러더니 뒤이어 어떤 중년 부인이 들어오더니만 나를 보고 음식점을 자기네가 인수했으니 나가 달라는 거야. 나는 너무도 황당해 말이 제대로 나오지 않아. 더듬거리며 중년 부인을 향해 주인아주머니로부터 아무 말도 못 들었다고 하니까 '주인아주머니? 그 사기꾼년한테 당신은 안 당했나 보군.' 하며 계속해서 욕을 퍼붓더군.

남자가 씩씩거리며 의자와 탁자를 마구 집어 던지니 순식간에 가게가 아수라장이 되었어. 지나가던 행인들이 하나둘 모여들면서 혀를 끌끌 차고······.

어린 것은 놀라서 앙앙 울어 대고······.

분풀이가 끝났는지 잠시 후 행패를 멈추고 담배를 태우는 그 남자에게 내막을 들어 보니 이틀 전에 가게를 외지인에게 넘기고 동네 사람들을 속여서 돈을 있는 대로 긁어모아 어젯밤 야반도주를 했다지 뭐야.

난 그 자리에 주저앉아 목 놓아 울었어. 3년을 한솥밥 먹으며 그렇게도 날 아껴 주던 교회 권사인 주인아주머니가 내 전 재산을 훔쳐 갖고 야반도주를 하다니……."

"그래서 어떻게 했어?"

"너 같으면 어찌하겠니? 하긴 너는 아예 이런 일을 겪을 필요도 없는 공주 팔자지. 딸 손을 잡고 죽으려고 소주 한 병을 산 후 여러 군데 약국에 들러 수면제를 잔뜩 사 가지고 한강으로 나갔어. 한강 둔치 공원을 계속 걸어갔지. 딸애가 다리 아프다고 칭얼거리면 잠시 앉아서 쉬다가 걷고 또 쉬다가 걷고……. 점점 날이 어두워지고 있었어."

"……."

"사람이 죽는 것도 쉽지 않더구나. 인적이 없는 풀밭을 찾아 호주머니에 들어 있는 약봉지를 꺼내고 소주병 뚜껑을 따는 나를 물끄러미 바라보던 딸이 고사리 같은 손으로 내 두 손을 꼭 잡으면서 '엄마, 나 죽기 싫어. 죽는 거 무서워. 나 안 죽을 테야.' 하며 악을 쓰고 울지 않겠어?

세상 물정 알지 못하는 어린 게 뭔가 느낌이 이상했던가 봐. 죽기 싫다고 서럽게 울다니……."

"어리다고 느낌이 없는 건 아니라잖아. 그래서 어떻게 했어?"

"아이를 부둥켜안고 한참을 울었더니 정신이 돌아오더군. '그래, 죽지 말자. 네가 살면 나도 사는 거다.' 미친 사람처럼 허공에 소리소리 질러 대며 한참을 더 꺼억꺼억 울고 나서 주위를 살펴보니 서너 발짝 떨어진 곳에 어떤 노부인이 앉아 있지 않겠어? 마구 소리를 질러 대며 우는 모습을 계속 지켜보았던가 봐. 일어서서 '죄송하다'고 말하니 '갈 곳이 없는 거 같은데 혼자 살고 있으니 같이 가자'며 내 손을 잡기에 염치없다는 생각도 미처 하지 못하고 노부인을 따라 나섰어.

칠흑 같은 어둠 속에 버스를 타고 한참을 가다가 노부인을 따라 내려 보니 청량리더구나.

순금아, 뭐라도 좀 먹자. 난 커피도 없어서 대접할 게 없네. 음식점에서 가져온 누룽지로 만든 숭늉이 있는데 구수한 게 맛있어. 그거라도 마시며 목 좀 축이자."

보해는 주전자에 들어 있는 숭늉을 대접에 따라 주었다. 숭늉 맛이 구수한 게 활명수를 먹은 것처럼 더부룩하던 뱃속이 편해졌다.

순금은 계속 보해의 지나온 삶이 궁금해 그 후의 일을 물으니 '구구절절한 내 인생살이가 그토록 궁금하냐?'며 보해가 크게 웃었다.

"노부인은 생김생김도 곱상했지만 자신 명의로 된 이층집 건물 주인으로 아래층 가게 월세를 받는 데다 치과의사인 아들이 생활비를 대 주고 있어서 사는 게 윤택했어.

한 달 후, 노부인의 도움으로 아들의 치과 병원이 들어서 있는 건물 청소를 하게 되었어.

첫 출근을 하는 날, 나는 교회도 다니지 않으면서 '하나님, 감사합니다.'를 연신 되뇌며 부산 시절의 장로님 생각을 많이 했어.

그때 나보고 여러 번 교회에 나가자고 권했을 때 나는 헌금 돈 없어서 교회에 못 간다고 하며 그런 소리 하시려면 내 집에 오지 말라고 면박을 주었지.

교통사고로 돌아가시던 그날, 운명하시기 직전에 입술을 움직이며 나를 가까이 오라고 손짓하기에 다가가 귀를 바짝 대니 '하나님께 의지해야 한다.'고 마지막 힘을 다해 유언하셨거든.

허지만 나는 그 유언을 지키지 않았어. 나는 하나님이 그렇게 야속할 수가 없었어. 내 무슨 죄가 많아 어려서 부모 없이 온갖 눈칫밥 먹으며 남의집살이 하더니만 술과 도박에 중독된 남편을 만나 일부종사도 못 하고 집을 떠났는데……. 낯선 부산 땅에서 그나마 의지가 되었던 장로님마저 갑자기 세상 떠나더니만 이도 모자란 내 팔자 속은 서울에 올라와 밤늦도록 온갖 허드렛일을 하면서 자식 하나 바라보고 악착같이 모은 돈도 사기꾼에게 당하고…….

약 먹고 죽으려 한 내가 어찌 하나님이 좋게 보이겠어? 일요일에 예배당에 가서 무릎 꿇고 기도하는 사람들은 그래도 먹고살 만하니까 하나님도 예수님도 찾을 수 있지만 쉬는 날 없이 일하는 사람이 어떻게 교회를 나가? 안 그래?"

순금은 보해의 말을 이해할 수 있었다. 부모 잘 만난 데다 집안 사정이 윤택했기에 절에다 시주도 때맞추어 성심껏 할 수 있었지, 자신도 하루 일한 품삯 받아 입에 풀칠하는 처지였다면 아마 지금처럼 절에 다니지 못할 것은 빤한 일이었기에 보해를 쳐다보며 고갤 끄덕였다.

"그런데 그때, 처음으로 하나님이 생각난 거야. 딸이 학교에 들어가면서 가정 기초 조사서를 갖고 왔을 때 종교란에 나는 교회도 나가지 않으면서 망설임 없이 기독교라고 적었어.

건물 청소는 일요일과 공휴일을 쉬었으며 여름철엔 3일간 휴가도 있었고 6월과 12월엔 보너스도 있는 안정된 직장이었어.

당시 노부인 집에서 식사를 도와드리며 집세 없이 방 한 칸을 쓰고 있었지만 언젠가는 내 집 마련을 위해 적금을 들고 있었으며 월급날은 노부인 모시고 딸과 같이 레스토랑에서 외식을 하며 사람다운 삶을 맛보았지.

그 뒤로 쉬는 날엔 점심을 먹고 몸담을 교회를 찾아보느라 이 동네 저 동네를 쏘다녔지만 예배 시간이 지나서인지 교회마다 출입문이 잠겨 있었어.

왜 문을 잠그는지 이유를 알 수 없었지.

그러다 명동 백병원 앞에 있는 영락 교회를 찾아갔어. 미국에서 신학 박사 학위를 받은 한경직 목사가 세운 교회인데 그분은 대한 예수교 장로회 총회장으로 언론에 많이 소개된 분이야. 나처럼 교인이 아니어도 서울에선 영락 교회를 모르는 사람이 없었어.

생각한 대로 높은 건물과 큰 정원이 있는 부자 교회더군. 그 교회도 본관의 예배당 문은 잠겨 있더군. 이때 마침 성경책을 들고 지나가는 여학생에게 '왜 예배당 문을 잠그느냐?'고 물으니 노숙자들이 함부로 드나들고 제단에 있는 귀중품들을 훔쳐 가기 때문에 문단속을 한다는 말을 듣고 '여기도 가난한 사람이 설 곳은 아니구나' 생각되더군.

본당 뒤쪽으로 멋진 소나무가 서 있는 정원에 가 보았더니 길 끝에 있는 별관 건물에서 학생들이 찬송을 부르고 있더구나. 너무나 듣기가 좋아서 한참을 별관 앞에 놓여 있는 벤치에 앉아 찬송가를 들었지.

'저 높은 곳을 향하여 날마다 나아갑니다. 내 뜻과 정성 모두어 날마다 기도합니다. 괴롬과 죄만 있는 곳 내 아이 거기 살리까. 빛나고 높은 그곳을 날마다 바라봅니다.'

부산서 장로님이 즐겨 부르던 찬송가를 에서 들으니 나도 모르게 눈물이 마구 쏟아졌어.

그날, 나는 노부인에게 저녁을 먹으며 '교회를 다니고 싶다'고 했더니 '갑자기 왜 그런 생각을 하게 되었느냐'고 묻더군.

영락 교회에 갔다 온 얘길 했더니만 노부인이 다음 일요일엔 자기를 따라 교회에 가 보자고 권하지 않겠어?

그동안 노부인과 같이 살면서도 노부인이 교회 다니는 걸 전혀 몰랐어. 한 번도 노부인 방엔 들어가 보질 않은 데다가 노부인도 교회에 다니는 걸 말한 적이 없었거든. 일요일 새벽이면 소리 없이 밖에 나가는 노부인의 기척을 들었지만 얹혀사는 주제에 노부인에게 관심 갖는 건 주제넘은 행동이라고 생각했거든.

일요일이 되어 딸의 손을 잡고 노부인을 따라간 곳은 제기동에 있는 에덴 교회였어. 선농단이라고 알지?"

"선농단? 조선 시대 때 임금이 제사 지내던 곳으로 알고 있는데……. 설농탕이 그때 모여든 사람들에게 국밥을 끓여서 나누어 준 음식이었다며?"

"맞아. 그 선농단 주변은 주택만 지을 수 있는 곳이라고 하던데 교회가 들어서 있지 않겠어? 흰색 페인트를 칠한 2층 건물 옆에 별관이 한 채 있었지만 규모가 그리 크지 않은 것으로 보아 신도 수가 많지 않음을 짐작할 수 있었어.

정문 앞에 다다르자 노부인의 손을 잡고 있는 내 딸을 보고 여러 사람들이 정중히 인사를 하며 손녀냐고 묻자 고갤 끄덕이면서 나를 조카딸이라고 소개하더구나.

예배당 안은 방석이 일렬로 나란히 놓여 있었고 신도들은 남녀로 나뉘어 들어오는 순서대로 앉았어. 딸은 노부인과 같이 앉았고 나는 두서너 자리에 떨어져 앉았어.

다른 교회와는 달리 하얀 휘장으로 가려진 단상을 바라보며 깊은 상념에 잠겼더랬지.

얼마 후 예배가 시작됨을 알려 주는 찬송가!

여기서도 '저 높은 곳을 향하여'가 울려 퍼지는 거야.

나도 모르게 눈물이 나며 부산 장로님 얼굴이 떠오르더군.

'저 높은 곳을 향하여 날마다 나아갑니다.

내 뜻과 정성 모두어 날마다 나아갑니다.

괴롬과 죄만 있는 곳 내 어이 거기 살리까.

빛나고 높은 그곳을 날마다 바라봅니다.

의심의 안개 걷히고 근심의 구름 없는 곳

기쁘고 참된 평화가 거기만 있사옵니다.

내 주여 내 발 붙드사 그곳에 서게 합소서.

그곳은 빛과 사랑이 언제나 넘치옵니다.'

찬송가가 끝날 때까지 울음을 멈출 수가 없었어.

부산 장로님이 세상 떠나셨을 때도 나는 슬펐지만 이처럼 눈물이 나지 않았고 전세 돈을 도둑맞고 죽으려 할 때도 앞이 너무 캄캄해 악을 쓰며 울었지만 이도 잠시였어. 그런데 이곳 예배당에 와서 찬송가를 들으며 마구 눈물을 쏟아 내다니…….

이상하게도 가슴속에 들어앉은 커다란 돌덩이가 빠져나가는 것 같은 기분이 들더니만 잠시 후 조용히 흐르는 강물을 바라보는 것처럼 맘이 아주 편안해지더구나.

더 이상한 일은 그 다음이었어.

찬송가가 끝나자 휘장이 열리더니 단상에 목사님이 서시는데 순간 내 눈에 부산 장로님 얼굴로 보이는 거야. 눈을 비비며 보고 또 보아도 틀림없이 부산 장로님 얼굴이었어.

어떻게 예배 시간을 마치었는지 기억도 나지 않았어. 예배 시간 내내 부산 장로님의 설교 말씀을 듣는 것만 같았으니까…….

 그 후로 나는 노부인의 조카딸이 되어 일요일이면 어김없이 예배에 참석했고 얼마 후 거기서 이내마을 아저씨도 만났단다."

"그럼 이곳 상천엔 언제 온 거야?"

"87년도에 이곳 상천에 교회가 건축되고 여러 시설들이 생겨남에 직원 채용이 있어서 이곳에 들어왔어."

"딸은 어떻게 하고? 여긴 학교도 보이지 않던데?"

"딸은 노부인이 세상 떠날 때까지 같이 살다가 독립하여 대학 공부를 혼자 힘으로 마쳤어. 나 닮았으면 공부를 싫어할 텐데 초등학교 들어가면서부터 줄곧 1등을 놓치지 않더니만 지금은 박사 학위를 받고 대전 카이스트 연구원으로 근무하고 있어.

 매월 첫째 주엔 예배도 드리고 에미 얼굴도 볼 겸 이곳에 오거든. 사위도 같은 연구원이라 세상 사는 게 나와는 천연지차지."

"네 마음 씀이 착해서 딸이 잘 풀린 거 같구나."

"내 마음 씀이 착하다고? 아니야. 나는 그렇게 착한 사람이 아니야. 신께서 죄 많은 나를 불쌍하게 여기시고 구원의 소망을 갖도록 이곳으로 인도해 주신 거야. 또 신께서는 내

딸을 많이 사랑하고 계시기에 나는 항상 기도하며 모든 일에 감사하는 삶을 살고 있단다."

"교회는 어디에 있어?"

"원룸 앞길에 나 있는 2차선 도로명이 에덴벚꽃길이야. 길 양쪽으로 30년 된 벚나무가 줄지어 있어서 4월엔 장관을 이루고 있어. 전국 각지에서 모여드는 관광객 때문에 차가 엄청 많이 밀리지.

그 길을 따라서 직원들 아파트를 지나 쭉 올라가면 오른쪽 산 밑으로 교회가 있고 왼쪽으로 오르막길을 올라가면 놀이동산을 비롯해 무료로 이용할 수 있는 국제 규모의 천연 잔디로 된 축구장과 야구장이 있어. 그뿐만 아니야. 유럽풍으로 거대한 폭포수가 흐르는 '꿈의성' 건물이 있는데 그야말로 외국에 온 것 같다고 관광객들이 탄성을 자아내.

그곳엔 각종 음식점과 커피숍이 있거든. 음식점은 예약하지 않으면 자리가 없어서 그곳 직원들은 항상 바쁘게 일하고 있단다.

내 얘기만 했네. 그동안 어떻게 살았어? 좋은 부모에 부잣집 딸인 너는 복 받은 사람이잖아. 좋은 신랑 만나서 자식들과 행복하게 잘 살고 있겠지? 신랑은 무슨 일을 해? 자식은 몇이나 두었어?"

"좋은 신랑 만나서 잘 살고 있는 것처럼 보여?"

되묻는 순금의 쓸쓸한 웃음에 보해는 가슴이 철렁 내려앉았다.

"왜 표정이 그래? 아닌 거야? 신랑이 속 썩여? 아니면 자식들이?"

조용한 어조로 남의 이야기를 하듯 간간이 한숨을 내쉬며 말하는 순금의 짧은 결혼 생활과 50년 만에 만난 자식 이야기를 들은 보해는 너무나 속상하다면서 순금의 두 손을 잡고 훌쩍거렸다.

"마님이 널 어떻게 키웠는데? 뭣 하나 부족한 거 없이 자란 너였는데? 어찌 팔자 속이 이렇다니?

그래, 50년 만에 아들이 찾아왔단 말이지?

뭘 망설여? 아들이 데리러 오면 따라가렴. 아들을 못 키운 건 네 잘못이 아니야. 이제라도 아들 며느리 효도 받으렴. 그게 너를 위해서라기보다 네 아들을 위해서야. 네 아들 가슴을 더 이상 아프게 하지 마. 순리대로 살아야 해. 남편과의 이별도 네 팔자소관이고 아들과의 만남도 네 팔자소관이니 순리대로 살아야 해.

하나님이 너를 기억하시고 뒤늦게 좋은 선물을 주시는 것만 같구나."

"……."

시간이 꽤 지나고 있었다.

오랜 시간 동안 기다렸을 오라버니를 걱정하며 원룸을 나서려 드는 순금을 보해가 잠시 기다리라며 불러 세웠다.

"순금아, 이 보자기 기억나지?"

그것은 할아버지께 천자문을 배우기 시작할 때 어머니가 빨간 비단 천에 책을 싸 갖고 다니라고 보해와 순금의 이름을 노란 비단실로 수를 놓아 만들어 준 보자기였다.

"아니? 이걸 지금까지 갖고 있어?"

"내가 난생 처음 받은 선물이거든. 마님 주선으로 너와 같이 글공부를 할 수 있었잖니? 천자문을 할아버지께 배울 때 너처럼 금방 깨우치지는 못했지만 너와 같이 공부한다는 그 자체가 내겐 큰 즐거움이었단다.

순금아, 내가 수십 년을 보고 노래한 찬송가 책을 네게 주고 싶어."

보해가 쥐어 주는 찬송가 책이 들어 있는 빨간 보자기를 들고 밖으로 나오며 순금이 보해에게 물었다.

"우리가 또 만날 수 있을까?"

"내 마음속엔 항상 네가 있어. 널 위해 기도할게."

보해의 온화하고 힘 있는 말에 순금은 고갤 끄덕였다. '보해의 맘속에 내가 있듯이 내 맘속에도 보해가 있고 보해가 날 위해 기도한다면 나도 보해를 위해 기도해야겠다'는 생각을 하면서 순금은 보해의 얼굴을 바라다보았다.

 잔잔한 웃음을 띤 보해의 온화한 모습은 모든 것을 초월한 다른 세상 사람으로 보였다.

 늦은 오후의 밝은 햇빛이 순금과 보해의 머리 위에 쏟아지고 있었다.

7. 새로운 가족

다음 토요일에 오겠다던 진섭이 1주일을 앞당겨 신례원 집에 들이닥쳐서 순금은 깜짝 놀랐다.

50년을 혼자서 외롭게 살아온 순금의 앞에 갑자기 나타난 핏줄은 순금의 인생에 더할 수 없는 의미를 부여 주었다.

조용한 말소리에 화사한 웃음을 짓고 있는 며느리와 이제 어엿한 숙녀티가 나는 손녀, 진섭을 닮아 늘름하고 씩씩한 젊은이로 자란 손자가 더없이 미더웠다.

그렇게 순금은 보해를 만난 다음 날, 신례원 집을 떠나 가족들의 손에 이끌려 대전 집으로 몸을 옮겼다.

역 뒤에 있는 진섭의 집은 슬래브 집으로, 이층은 애들 방이고 아래층은 방이 세 칸으로 꽤 넓은 집이었다. 무엇보다도 남향집인 데다가 넓은 마당의 가장자리엔 구절초가 많이도 피어 있었으며 대문 입구 양쪽에는 밑동이 굵은 단풍나무가 빨갛게 물들어 있었다.

　계자는 순금에게 안방을 쓰시라고 권하였지만 순금은 이를 한사코 거절하고 주방 옆에 딸린 방에 옷 가방을 들여놓았다.

　순금은 며느리인 계자가 마치 오랫동안 키워 온 딸 같은 생각이 들었다. 자신처럼 키가 작달막한 계자의 말수 없는 온화한 태도도 좋았지만 무엇보다도 보잘것없는 자신을 시에미로 깍듯하게 대해 주는 공손한 태도가 말할 수 없이 고마웠다.

　잠시 후 계자는 목화솜으로 만든 비단 이불과 요, 베개를 붙박이장에 넣어 주면서 순금 앞에 꽃무늬가 있는 비단 방석을 내놓았다.

　"어머니, 고단하시지요? 좀 쉬세요. 저는 어머니가 오시게 되어서 참 좋아요. 딸처럼 생각하시고 편하게 지내세요. 이웃에 사는 조카딸이 와서 저녁상 차림을 도와주고 있어요."

　"저녁상 차림이라니? 나 때문에 수고가 크구나."

　"어머니가 어떤 음식을 좋아하는지 몰라서 애비가 좋아하는 동태전과 약식, 오징어무침과 식혜 좀 만들었어요."

　"고맙다. 내가 무슨 말을 해야 할지 모르겠구나."

　계자가 나가고 나니 순금은 눈물이 핑 돌았다.

87

아들 진섭이 좋아하는 음식은 모두 순금이 좋아하는 음식이었다. 어려서 잔치 음식 할 때도 순금은 두부살전보다도 동태전을 좋아했고, 떡은 입에 대지도 않았는데 약식만은 왜 그리 맛있었던지……. 반찬은 지금도 된장국과 오징어무침 하나면 족하고 겨울이면 언제나 부엌에 식혜가 끓어지지 않았다.

주방은 식탁이 있는데도 공간이 널찍했다.

교자상에 12첩 반상기가 놓여 있었다. 순금의 옆으로 아들 진섭이 앉고 맞은쪽으로 계자와 손자 손녀가 앉았다. 참으로 얼마 만에 가족이 모여서 함께하는 저녁상인가? 오늘 점심까지만 해도 오라버니와 단 둘이 먹었지 않았는가?

"할미라고 저녁 식사 자리를 같이해 주니 참 고맙구나!"

"할머니, 당연히 할머니와의 첫 식사인데 저희가 빠질 수 있나요? 엄마가 솜씨 발휘했으니까 많이 드세요."

손녀의 밝고 명랑한 말에 모두들 크게 웃었다.

부지런한 계자는 순금이 일어나기 전에 아침 준비를 모두 마치는가 하면 대청이며 마당을 말끔하게 청소를 하여서 순금의 두 손을 여간 편하게 하지 않았다.

"에미야, 내가 너무 손을 놓고 있어 심심하구나. 청소만은 내가 하도록 해 다오."

계자에게 사정하듯이 말하는 어머니의 모습에 진섭은 빙그레 웃으며 순금의 어깨를 뒤에서 껴안았다.

"어머니, 이제 뒤늦게나마 저희 내외가 효도할게요."

순금은 두 손을 어깨 위로 올려 아들의 손을 잡으며 눈물을 글썽이었다.

"내가 분에 넘치는 호강을 하는구나."

계자는 순금에게 편히 쉬라고 말했지만 반평생을 홀로 지내면서 수의를 만들어 온 순금은 손을 쉬고 있는 게 여간 거북하지 않았다.

진섭을 따라 대전으로 내려올 때 친정어머니에게 물려받은 손틀인 싱가미싱(일제 때 처음 들어온 미싱으로 본사가 미국에 있고 일본에 지사가 있었음)을 갖고 오려고 했지만 오라버니가 극구 말렸다. '이제 칠십하고도 다섯이나 된 노인이 아들네 집에 가서 미싱 소리를 내야겠냐? 놔두고 가면 그동안 수의 만드는 일을 도와주던 아랫집 인수 엄마에게 주련다'며 오라버니는 미싱을 번쩍 들어서 다용도실로 옮겨 놓았다.

수의를 만들면서 순금에게 가장 좋았던 시간은 기차를 타고 서울 동대문에 있는 상포 상회를 다닐 때였다.

차창 밖으로 휙휙 지나치는 들판의 풍경을 바라보며 순금은 한 남자의 배신으로 꿈꾸던 인생이 허망하게 망가져 버린 지난날의 설움을 계절 따라 시시각각 변하는 들판 위에 쏟아부었다.

여자로서 행복을 만끽하던 짧은 신혼 시절의 달콤함 뒤엔 언제나 배신에 대한 원망으로 눈물짓던 수십 년의 기찻길. 언제부터인가 순금은 그곳에 미련도 원망도 다 묻어 버렸다.

순금의 손끝은 친정어머니와는 달리 바느질이며 음식이며 뭐든지 손이 가면 두 번 손이 안 가게 일을 마무리 지었다.

한 해 두 해 수의를 만들다 보니 입소문이 퍼져 서울서도 주문이 들어오는 바람에 순금은 하루를 바쁘게 보내는 날이 많아지면서 호주머니에 들어오는 돈도 차곡차곡 쌓여 갔다.

순금은 친정어머니의 바람대로 이웃 돕기에 돈을 아끼지 않았다. 언제나 단정한 몸가짐으로 미싱 앞에 앉아 마름질한 수의의 솔기를 박았다. 가볍게 귓가를 스치는 미싱 돌아가는 소리를 들으며 한 많은 세상살이를 뒤로 하고 말없이 떠나야 하는 망인을 생각하면서 한 땀 한 땀 저고리의 깃과 동정을 달았다.

이제 순금은 미싱 대신 불경을 손에 쥐었다. 진섭 내외는 종교를 갖고 있지 않아서 순금이 절에 다니는 걸 말리지 않앉다.

　신례원 집에서는 작은 소리로 불경을 외웠지만 아들네 집에서는 오전 내내 입술만 움직여 소리 없이 불경을 외우고 사경을 하였으며 오후면 마당 주변의 화초를 가꾸면서 아들 내외의 보살핌 속에 푸근하고 조용한 하루를 보냈다.

　흐르는 강물처럼 근심 걱정 없이 편안한 하루하루의 세월을 보내는 자신의 모습에 순금은 오늘도 조용한 행복감에 젖었다.

　순금이 시집오던 해, 가을 추수가 끝나자 시아버지를 따라 우마차에 쌀 한 가마니와 잡곡 등을 싣고 친척이 주지로 있다는 영평사에 갔던 일이 생각났다.

　영평사가 위치한 장군면 산학리는 대전 터미널에서 공주행 버스를 타고 장기면 정류장에서 내려 택시로 10분도 안 되기에 아들네에서 다니기도 아주 멀지가 않은 터라 순금은 매월 초하루와 보름날이 되면 영평사를 찾아 아들 내외와 손자 손녀의 복을 빌며 7년 세월을 보냈다.

... 글 속에서 ...

계절 따라
시시각각 변하는 들판 위에
미련도 원망도
다 묻어 버렸다.

8. 얄궂은 재회

"형님, 어머니 49재도 지냈으니 이제 아버지는 형님이 모셔 가세요."

"……."

"왜 말씀이 없으세요? 모시기 싫으세요?"

"아니다. 장남인 내가 모시는 게 당연한 일이지."

"아버지는 어머니가 살아 계실 때에도 형님한테 가 있고 싶어 했어요. 하지만 어머니가 낳은 자식 놔두고 큰자식한테 갈 수 없다고 하셔서 줄곧 제가 모신 겁니다. 이젠 형님이 모셔 가세요."

"알았다."

이복동생의 말에 고갤 똑바로 들지 못하고 짧게 대답하는 진섭의 등엔 진땀이 배었다.

'대체 이 노릇을 어찌한담? 여기서 더 말해 봐야 물러설 동

생도 아닐 테고…….'

진섭은 고갤 수그린 채 탁자 위의 커피잔을 내내 바라보았다.

진섭의 배다른 동생은 자식으로서 부모에게 할 만큼 했다며 이제 아버님을 형님이 모시라고 아주 당당하게 내뱉곤 기차 시간이 다 되었다며 소파에서 일어나 빠른 걸음으로 찻집을 나갔다.

진섭은 얼른 자리에서 일어나질 못했다.

다 식은 커피잔을 물리고 다시 한 잔을 시켰지만 진섭은 잔을 입에다 가져다 대었을 뿐 커피를 마시지 않은 채 잔을 도로 탁자 위에 내려놓았다.

'대체 이 노릇을 어찌한담? 어머니가 와 계시는 것을 전혀 모르는 아버지가 아닌가? 대체 이를 어찌한담?'

아무리 궁리를 해도 진섭의 머리로는 뾰족한 해결책을 찾을 수가 없었다.

찻집을 나와 집으로 향하는 진섭의 발걸음은 여간 무겁지 않았다. 기차역의 지하도를 빠져 나와 집으로 향하는 진섭은 집을 지나치고 있었다. 마을 회관으로 향하는 언덕길을 올라 정문 앞에 서서 시가지를 바라보는 진섭은 자신도 모르게 한숨이 나왔다.

'대체 이 노릇을 어찌한담? 동생네 집에 더 계시지 못할 형편인 것 같은데……. 아버지께 말하면 크게 실망하실 테고 어머니가 아시면 나가 살겠다고 하실 텐데……. 대체 이 노릇을 어찌한담?'

집까지는 도보로 20분 거리였지만 진섭은 평상시보다 더 천천히 발걸음을 떼면서 머릿속으로 내내 이 일을 어머니께 어떻게 알려야 좋을지 궁리에 궁리를 거듭했다.

늦가을 찬바람에 어둠이 짙게 깔리도록 퇴근하지 않고 있는 진섭을 기다리느라 집 앞에서 서성거리고 있는 계자를 바라보던 순금은 며칠 전 며느리가 솜씨껏 털실로 짜 준 가디건을 걸치고 마당으로 내려섰다.

열려진 대문 밖으로 행길을 올라오고 있는 아들의 모습이 보였다. 순금은 아들과 며느리를 방해하고 싶지 않아 울타리 옆에 몸을 숨겼다.

가로등 불빛 사이로 두 사람의 말소리가 들려왔다.

"여보, 왜 이리 늦으신 거죠?"

"많이 걱정했지? 미리 연락하지 못해서 미안해."

"술을 좀 드셨군요."

"응. 당신을 불러낼까 하다가 어머니께서 걱정하실까 봐 혼자 소주 좀 마셨어."

"무슨 걱정거리 있어요?"

"서울서 남동생이 왔었어."

"그래요? 갑자기 어쩐 일로요?"

"아버님을 모셔 가라는 거야."

"아버님을요?"

"응."

"서울 어머니 49재 지난 지 한 달도 채 되지 않았는데 아버님을 모셔 가라고 해요? 아버님 모시고 살겠다며 그 많은 재산을 모두 가져가더니만 이제 와 아버님을 모셔가라니요?"

계자는 너무나 갑작스런 이야기가 되어서인지 더 이상 말을 잇지 못하였다.

순금은 등에 찬물을 끼얹은 것만 같았다. 간담이 서늘해 오는 것이 이마에 식은땀이 배어 나왔다.

'아, 내가 아들과 며느리를 난감하게 만들고 있구나.'

아들 며느리가 걸음을 떼기 전에 급히 방으로 향하는 순금의 발걸음은 천근의 걸음이었다.

다음 날 아침 순금은 출근을 준비하는 아들을 불렀다.

"진섭아, 내 걱정 말고 너의 아버지를 모셔 오너라."

"네?"

"네가 맏이니 아버지를 모시는 것은 당연한 일이다."

"어머니, 어떻게 아셨어요? 괜찮으시겠어요?"

"괜찮다. 한때 살을 섞고 살았던 사람으로 네 아비이지 않느냐?"

어머니의 말을 들은 진섭은 어쩌면 일이 잘 해결될지도 모를 일이기에 안도의 숨과 함께 어머니가 세상 살아가는 사람들의 모습을 많이 이해하고 있는 것만 같아 마음이 한결 가벼워졌다.

일요일에 진섭은 서울행 기차에 몸을 실었다.

진섭이 큰동생네 아파트로 들어가니 밑의 남동생과 두 여동생을 제치고 아버지가 먼저 진섭을 반겼다.

"애비 왔구나. 오래 전부터 네 집에 가고 싶었다. 에미도 잘 있다고 아침에 전화하더구나."

아버지는 현관 입구에 나와 있는 짐 가방을 들면서 '네가 피곤할 테지만 되짚어 내려가자.'고 진섭을 재촉하였다.

순금보다 두 살 위인 여든네 살의 아버지는 대전행 기차에 오르자마자 이내 눈을 감으셨다. 아마도 어젯밤에 거처를 옮기는 데 대한 착잡한 마음에 잠을 제대로 주무시지 못한 것 같았다.

커다란 체구에 뚱뚱한 몸집의 아버지는 오랫동안 교직에 봉사하며 교장으로 승진한 후 정년에 이를 때까지 성실하게 맡은 일을 수행하여서 상부로부터 큰 상도 여러 번 받은 분이셨다.

그 당시, 어머니를 친정에 보낸 아버지는 그 다음 날 새울 집으로 새어머니를 데리고 들어왔으나 아랫집 작은할아버지의 호통에 아버지는 새어머니와 진섭을 데리고 시내로 짐을 옮겼다.

아버지와 새어머니는 금실 좋은 부부였으며 교육받은 신여성인 새어머니는 콩쥐 팥쥐에 나오는 팥쥐 엄마처럼 진섭을 괴롭히는 일은 전혀 없었다.

언제나 맛있는 것이 있으면 진섭에게 가장 먼저 주었으며 옷도 다른 동생들보다 먼저 사 주시는 새어머니에게 진섭은 크게 불만이 없었지만 다른 아이들처럼 어머니의 치마폭을 붙잡고 떼를 쓰진 못하였다.

눈깔사탕을 사 달라고 엄마를 조르는 친구들을 볼 때면 부러운 눈으로 한참 동안 바라보다가 집 안으로 들어와선 뒤곁의 장독대 앞에 앉아 고갤 숙인 채 손등으로 눈물을 훔친 적이 한두 번이 아니었다.

이웃 사람들과 친척들은 언제나 진섭의 의젓함을 칭찬하였지만 이런 칭찬을 들을 때마다 진섭은 거센 반발로 입술을 꼭 깨물었다. '나도 어머니 앞에서 응석 부리고 싶어요. 아버지, 어머니를 제발 내 앞에 데려다 주세요.' 진섭은 아버지를 향해 수없이 외쳐 댔지만 그것은 언제나 맘속으로의 외침이었지 겉으론 한 번도 내색하지 않았다.

진섭은 눈을 감고 코를 고는 아버지의 깊게 파인 주름살을 보며 가늘게 한숨을 내쉬었다.

'아버지께 미리 어머니가 와 계시다고 말씀드릴까? 아니야, 그냥 모시고 내려가자. 자연스럽게 서로 만나는 게 낫지 않을까?'

진섭은 아무래도 말없이 모시고 내려가는 게 낫다는 생각을 하며 모든 게 다 잘될 것이라고 애써 자신을 달랬다.

집에 도착하니 한낮이었다.

대문 밖에 나와 있던 계자는 남편과 시아버지를 보자 반갑게 달려와 가방을 받아 들었다.

"어서 오세요, 아버님. 피곤하시지요?"

"괜찮다. 그래, 그동안 잘 있었니?"

진섭은 계자를 바라보며 눈으로 어머니의 심중을 물었다. 계자는 이내 진섭의 뜻을 알아차리곤 별걱정 없다는 뜻으로 고갤 끄덕였다. 진섭은 계자의 눈짓에 마음이 놓였다.

대문을 열고 들어서며 진섭은 어머니가 계신 방 안을 향해 큰 소리로 말했다.

"어머니! 저 왔습니다."

"힘들었겠구나."

방 안에서 어머니의 음성이 또렷하게 들려왔다.

진섭은 다시 한 번 큰 소리로 말했다.

"어머니! 아버님이 오셨어요."

"어서 들어가 쉬거라."

방 안에서 가늘지만 또렷하게 들리는 목소리.

하지만 어머니는 끝내 방문을 열지 않았다.

당황한 진섭은 옆에 서 있는 계자를 바라보았다. 계자도 난감한 표정이었다.

"아니? 어머니라니? 대체 무슨 소리냐?"

아버지는 의아한 눈초리로 진섭과 며느리를 바라보았다.

"아버님께 미리 말씀드리지 못하여 죄송해요. 7년 전, 신례원에 사시는 외삼촌이 찾아와서 어머니를 부탁하셨어요. 자식 된 도리도 있고…… 하여 어머니를 모셔 왔어요."

"뭐라고? 네 생모를 모셔 왔다고?"

"네."

"네 어머니를 모서 왔다고?"

"네."

"그러면 네 어머니는 내가 오늘 이곳에 오는 것을 알고 있느냐?"

"네. 어머니가 아버님을 모서 와도 좋다고 하셨어요."

"그래? 네 어머니가 좋다고 했단 말이지? 내 방은 어디냐?"

"바로 감나무가 보이는 동쪽 방이에요."

사실 진섭과 계자는 '아버지의 방을 어디로 정할까?' 하고 여러 날 동안 생각하다가 이층은 노인이 오르내리기에 힘들 것 같아서 좀 작더라도 딸애가 쓰던 건넌방을 말끔히 청소한 후 병풍을 치고 보료를 깔아 놓았다.

아버지가 방에 들어가실 때까지 어머니는 전혀 밖을 내다보지 않으셨다. 진섭은 적이 마음이 불안하였다. 계자는 이런 진섭의 마음을 알아차리곤 '여자들은 야속한 마음을 그리 쉽게 풀지 않는다.'며 세월이 약이라면서 좀 더 시간이 필요하다고 말했다.

진섭에게 아버지를 모서 와도 좋다고 말했을 때까지만 해도 순금의 마음은 이제 지나간 옛일이니 모두 잊으리라고 생각하였는데 막상 그 옛날 자신을 친정으로 내친 남편 도영호가 눈앞에 와 있다고 생각하니 도저히 그를 용서할 수가 없었다.

그처럼 감쪽같이 자신을 속여 친정으로 보내고 난 이튿날 다른 여자와 결혼식을 올린 도영호를 도저히 용서할 수가 없었다.

'결코 용서할 수 없어. 첩살림을 차렸다 해도 내 견딜 수 있었어. 이혼 서류인 줄도 모르고 친정 오라버니 갖다 주라는 서찰을 가슴 깊이 간직하며 덩실덩실 춤을 추면서 가마에 오른 그 날, 친정어머니는 결국 나로 인해 화병으로 돌아가시지 않았던가!

파렴치한 인간! 내 어찌 용서할 수 있단 말인가? 진섭이가 네게도 자식이지만 내게도 자식이지. 너만 자식 봉양받는 게 아니고 나도 자식 봉양받는 게야. 천하에 몹쓸 놈! 내 새끼를 에미 없이 자라게 해 놓고 다른 여자와 살 섞어 낳은 자식한테 내쫓겨? 갈기갈기 찢어 죽여도 시원치 않을 놈!'

순금의 마음은 점점 온갖 저주의 말을 퍼부어 대는 악마가 되어 가고 있었다. 어제까지 모든 것을 이해하고 용서하리라던 순금의 가슴은 어느새 원한으로 인한 증오의 늪 속으로 깊이 빠져들고 있었다. 두 주먹을 불끈 쥔 순금은 입술을 피가 나도록 깨물었다.

'오냐, 잘 왔다. 날 헌신짝처럼 내버린 철면피! 네 가슴이 쇠로 만들어졌다면 내 가슴은 쇠도 녹이는 용광로다. 너도 한번 나로 인한 고통을 받아 봐야지.'

순금의 깨문 입술에선 피가 새어 나왔다.

건넌방에서 간간이 들리는 도영호의 헛기침이 귀에 몹시 거슬렸지만 순금은 이를 얼마든지 견딜 수 있는 자신임을 너무도 잘 알고 있었다.

점심때가 되자 도영호는 진섭 내외와 같이 주방 식탁에서 점심을 먹었지만 순금은 방 안에서 금강경을 들여다보고 있었다.

계자가 들여온 밥상을 받으며 순금은 '앞으로 식사는 내가 챙겨 먹을 테니 이처럼 번거로운 수고를 하지 말라.'고 말했다.

그날 오후, 도영호도 순금도 자기 방에서 꼼짝하지 않은 채 저녁때가 되었다. 진섭과 계자가 식사하시라고 말했지만 도영호도 순금도 소리가 없었다. 계자는 몹시 번거로웠지만 저녁상을 도영호와 순금에게 각각 들여보냈다. 하지만 두 사람은 수저도 입에 대지 않았다.

추석이 가까워서 달이 무척이나 밝았다. 하늘에 촘촘히 박힌 별들이 달빛과 어우러져 있었다.

거실 마루에 앉아 근심 어린 얼굴로 달빛을 바라보는 남편에게 계자는 시원한 식혜를 건네주었다.

"저러다 두 분이 영 화해를 안 하시면 어쩌지?"

"어머니께 아버님이 먼저 용서를 구해야지요."

"자존심이 강한 아버님이 어머니께 먼저 빌 수 있을까?"

"여든이 넘은 노인이 무슨 자존심이에요? 당연히 어머니한테 먼저 용서를 빌어야지요."

"어머니의 인생을 망치고……. 어머니뿐만이야? 내 얼룩진 어린 시절은 어디서 보상받누?"

"아니? 당신답지 않게 투정이세요? 두 아이들 잘 컸으면 보상받고도 남지 않아요?"

"두 아이들?"

"그래요. 어디 가서 이런 보물을 얻을 수 있어요?"

"당신에게 투정 좀 하면 안 돼? 아버지 잘못으로 인해 여러 사람이 마음 고생하는 게 안타까워서지."

계자는 고갤 끄덕이면서 진섭이 마신 식혜 그릇을 주방으로 내갔다.

밤이 깊어지자 여기저기서 풀벌레 소리가 요란하였다.

거실에서 하염없이 달을 쳐다보고 있던 진섭은 자리에 들기 위해 일어섰다.

그때 아버지가 계시는 건넌방의 방문이 열리는 소리에 진섭은 걸음을 멈추었다.

밖으로 나와 건넌방 옆으로 서 있는 감나무 앞에서 밤하늘을 쳐다보는 아버지! 아버지의 가는 한숨이 거실까지 들려왔다. 한참 동안 같은 자세로 서서 달을 바라보던 아버지는 천천히 몸을 돌려서 어머니의 방 앞으로 다가갔다.

진섭은 거실 불을 켜지 않은 어둠 속에서 그런 아버지의 모습을 지켜보면서 이제 어머니가 아버지를 용서해 주길 빌고 또 빌었다.

도영호는 57년 전에 내친 아내가 이곳에 와 있다는 소리를 들었을 때 기절할 듯이 놀랐다.

후처 소생의 아들딸이 자신을 전처 소생인 큰아들 진섭에게로 보내기 위해 의논하는 소릴 들었을 때 그는 노기 띤 음성으로 '돈 잘 벌어 줄 때는 애비이고 돈 못 벌면 애비가 아니냐?'고 자식들에게 버럭 화를 냈다. '내 지금 당장 대전 큰자식한테 갈 테니 어서 빨리 연락하라'고 소리친 자신이었다.

'이 일을 어쩐담? 내 무슨 면목으로 순금을 대할 수 있단 말인가? 그렇다고 지금 이 자리를 박차고 서울로 되돌아갈 수도 없지 않은가? 아! 이 노릇을 대체 어쩌한담? 며느리가 미리 알려 주었더라면 서울 아들 내외가 그토록 구박해도 잠자코 견뎠을 텐데. 아니, 그도 견디기 어려웠을 거야. 작은며느리년 입이 한시도 가만히 있지 않을 테니 말이야.
 그래, 우선은 앞으로의 일을 찬찬히 생각해 보자.
 내 할 수만 있다면 밤새도록 무릎이라도 꿇고 용서를 빌어야지. 암. 용서만 해 준다면 몇 달 몇 년이라도 용서를 빌고 또 빌어야지.'

 그 옛날, 손바닥만 한 전답은 목숨보다 더 귀한 것이었다.
 누구보다도 큰아들을 아끼고 미더워 한 도씨 부인은 어쩌다 마음 착한 큰아들이 못된 놈들의 꼬임에 빠져 노름빚더미 위에 앉게 된 게 에미인 자신의 잘못이라고 생각했다. 자신이 바른길로 가도록 잘 키우지 못한 탓으로 큰아들이 사람 구실 못 하는 것에 도씨 부인은 몇 날 며칠을 괴로움에 몸부림치며 큰아들을 이대로 놔두다가는 집안이 풍비박산될 것은 보지 않아도 뻔한 일이기에 결단을 내렸다.
 '노름빚을 받으러 온 사람으로부터 큰아들을 풀려나게 하는 길은 이 길밖에 없다. 밑으로 어린 자식이 여럿 있기에 입에 풀칠이라도 하려면 어쩔 수가 없다.'고 작정한 어느 날 밤, 도씨 부인은 투전판으로 뛰어들어가 장정들과 맞붙어

몸싸움을 벌이다가 머리를 디딤돌에 부딪쳐 유언 한마디 못한 채 그 자리에서 숨을 거두었다.

졸지에 온 동네 사건이 된 도씨 부인의 죽음은 남편 도 씨로 하여금 큰아들을 장례도 치르기 전에 빈 몸뚱이로 내쫓게 하였다.

도 씨는 더 이상 고향인 김천 땅에 살고 싶지 않았다.

그는 조상 대대로 물려받은 문전옥답을 처분하여 옥천 사는 친구의 도움을 받아 대전 동쪽 끝에 있는 더퍼리 산 밑의 새울동네로 딸 셋과 막둥이 아들인 도영호를 데리고 고향을 떠났다.

고향을 떠나면서 도 씨는 '내가 죽어도 이곳 선산에 묻지 말라.'고 하였으며 후처를 들이라는 여러 사람의 권유를 못 들은 체 자식을 잘 키워서 시집 장가보내야 한다고 다짐했다. 그렇게 사는 게 아내의 죽음에 대한 빚을 갚는 길이라고 생각했다.

새울동네의 산 밑에 집을 정한 도 씨는 건어물 장사로 가산을 일구었다.

그는 막내인 도영호를 극진히 사랑하였다.

눈치가 빠른 데다가 셈이 정확한 아들 도영호는 큰아들로 인해 패가망신한 집안을 크게 일으킬 것이라는 기대감으로

도 씨는 도영호가 중학교에 입학할 무렵에 벌써 신례원에 사는 친구의 여동생을 며느릿감으로 점지해 놓았다.

도영호가 고등학교를 졸업하자마자 도 씨는 며느리를 봐야 한다고 매일 아들을 졸랐다.

하지만 그때 도영호는 일찍 세상을 등진 어머니의 모습을 닮은 이웃 동네의 여학생에게 정신이 빠져 있을 때여서 죽어도 장가를 갈 수 없다고 우겨 댔으나 아내 없이 홀로 아들을 키운 도 씨를 당해 낼 수 없었다.

장가를 가라 하거니 못 간다 하거니 하면서 한 해 두 해를 보낼 무렵 갑자기 도 씨의 건강이 나빠지기 시작했다.

병석에 누운 도 씨는 '나 죽기 전에 신례원 집 딸을 데려와야 한다.'고 서울에 가려 드는 아들의 옷자락을 붙잡고 눈물로 호소하는 터에 도영호는 '에라, 될 대로 되라' 하는 식으로 얼굴 한 번 보지 않은 채 다니던 대학을 중퇴하고 순금네 집에 사주단자를 보내고 혼례식을 치렀다.

도 씨는 며느리인 순금의 효도를 저버리고 손자 진섭이 걷지도 못할 때 갑자기 불귀의 객이 되어 버렸다.

시아버지의 장례를 치른 순금의 집은 시가족이라 해야 아랫집에 사는 작은집뿐이어서 넓은 집에는 어쩌다 지나가는 발자국 소리에 요란히 짖어 대는 누렁이뿐이었다.

도영호는 갑작스런 아버지의 죽음에 갈피를 잡지 못했다. 아버지에 의해 계획되고 진행되었던 집안일이 한꺼번에 자신의 몫이 된 것에 대하여 그는 마음으로 큰 부담을 느꼈다. 전답이 어디어디에 있는지조차 잘 알지 못하고 있었던 그는 어떻게 머슴을 부리고 가장 노릇을 해야 좋을지 잘 알 수 없었다.

도영호는 점점 말이 없어졌다. 순금에게도 다정한 말 한마디 건네지 않았다. 집 안에는 사람이 있으되 사람 사는 소리가 없고 오직 개 짖는 소리만 요란했다.

아버지의 1년 상이 지나자 도영호는 학교 업무를 총괄하는 교무 업무를 맡고 있기 때문에 일이 전보다 많이 늘어나 힘들어졌다면서 작은아버지에게 집안일을 모두 다 맡긴 후 그 커다란 집에 아내 순금과 두 돌이 지나 아장아장 걷고 있는 진섭을 두고 시내로 하숙집을 구했다.

토요일마다 집에 오겠다고 말하며 시내로 나간 도영호는 두 달이 지나도록 집에 들어오지 않았다.

토요일 밤이면 저녁상을 차려 놓고 도영호를 기다리는 순금의 마음은 말로 형언할 수 없이 불안했으나 누구에게 하소연을 할 수 있는 처지도 아니어서 벙어리 냉가슴 앓듯 혼자 속으로만 끙끙댔다. '토요일마다 온다던 사람이 왜 안 올까? 벌써 두 달이 지나지 않았는가? 아버지를 잃은 상처가 아직도 가시지 않아서일까? 아니면 이제 내가 싫어서일까? 학교로 찾아가 볼까?'

순금은 어린것을 등에 업고 남편 직장을 찾아간다는 게 도저히 용기가 나지 않았다. 시내까지는 그리 먼 거리가 아니었지만 남편을 만나면 그 뒤로 남편과는 끝일 것만 같은 불안감이 순금의 발목을 붙들어 맸다.

석 달이 되면서 도영호를 찾아간 아랫집 작은아버지가 무슨 말을 어떻게 하였는지 그로부터 일주일 뒤에 남편은 하숙집을 정리하였다면서 아주 말쑥한 양복 차림으로 집에 들어왔다.

순금은 전혀 딴사람이 된 남편의 모습에 반가움보다는 두려움이 앞섰다. 한 번도 보지 못한 꽃무늬 넥타이며 양복 호주머니에서 분홍색 손수건을 꺼내 손을 닦는 남편. 순금은 집에서 출퇴근을 할 때와는 전혀 다른 사람이 된 남편의 모습에 가슴이 조여 오는 것만 같았다. 순금은 태연한 채 '아무것도 묻지 말자'고 애써 웃음 지으며 양복을 받아서 옷장에 걸었다.

도영호는 순금을 향해 '그동안 자신이 가족들에게 너무도 무심하게 대한 것을 용서해 달라'며 '이제부턴 좋은 남편이 되겠다'고 말했다.

그날 밤, 순금은 참으로 행복했다.

오랜만에 남편과 동침하며 석 달이 지나는 동안 적적한 밤을 말없이 견디면서 남편의 자존심을 지켜 준 자신을 스스로 참 잘했다고 수없이 칭찬하며 부녀자의 인고가 가져다주는 크나큰 결실이 값으로 따질 수 없는 커다란 기쁨임을 알 수 있었다.

순금은 전에 없이 남편의 자상한 태도에 말할 수 없는 행복감에 젖었다.

퇴근 시간이 하루 늦는 날이면 이튿날은 어김없이 일찍 집에 들어와 밥을 먹는 남편을 위해 지극정성으로 장을 봐서 남편이 좋아하는 반찬을 만들었다. 도영호는 저녁을 먹으며 '나물이 아주 맛있게 무쳐졌다. 굴비가 아주 알맞게 구워졌다.'면서 순금의 음식 솜씨를 아낌없이 칭찬해 주었다.

남편은 장이 서는 날이면 먹고 싶은 것이 무엇이냐고 물으면서 순금이 좋아하는 만두를 사 오기도 하고 또 여러 가지 종류의 진섭이 놀잇감도 사 왔다.

이제 순금은 남편이 자신을 아내로서 사랑하며 아끼고 있다고 굳게 믿었다.

이렇게 행복한 3년이 지났을 때 작은아버지는 순금에게 둘째 아이가 생기지 않는 것을 걱정하면서 보약을 한 재 지어다 주었다.

온 정성 다해 약을 달여 먹는 순금을 보고 남편은 무슨 약이냐고 물었다. 순금은 차마 남편에게 '아이가 잘 들어서는 약'이라고 말하기가 민망스러워 얼굴을 붉히며 아무 소리도 못하고 있을 때 남편은 '집안일이 고된가 보다.'며 며칠 친정에 갔다 오라고 하였다.

'친정에 한 번 다녀오고 싶지만 그러면 출근 준비며 집안일은 어떻게 하느냐?'고 물으니 '내 며칠간은 진섭이와 함께 작은집에서 지내겠다.'면서 아무 걱정 말라고 했다.

시집 온 지 5년이 되도록 한 번도 친정 나들이를 해 보지 못한 순금은 자상하게 자신을 보살펴 주는 남편의 말에 눈물이 나도록 고마웠다.

친정 나들이를 떠나기 전날, 남편의 배려에 더없는 고마움과 연민으로 말할 수 없는 행복감에 젖으며 남편의 겉옷과 속옷을 꺼내어 입기 좋게끔 장롱 맨 위 서랍에 차곡차곡 정리하고 진섭의 옷가지를 작은어머니께 맡기는 순금은 입가에서 연신 웃음이 떠나지 않았다.

"아니, 그렇게 좋아? 허긴 시집와 처음 가는 친정 나들이니……. 조카는 참 자상도 해. 마나님 힘들다고 인력거를 보내 줄 생각을 하다니…….

자네, 큰 복인 줄 알게. 도 씨네 집에 시집와 인력거를 타고 친정 나들이 하는 사람은 자네가 처음이니까."

"작은아버님도 자상하시잖아요?"

"자상하다고? 그분은 남에겐 아주 자상하지. 이제껏 살면서 허리가 아파 꼼짝 못 해도 밥 해다 바치지 않으면 밥을 안 먹는 분이라네."

작은어머니는 고갤 설레설레 흔들면서 야속한 남편의 험담을 계속하였다.

순금을 친정으로 보낸 다음 날, 도영호는 그동안 정을 통했던 같은 학교에 근무하는 박 선생을 집에 데리고 왔다. 종아리가 보이는 짧은 치마에 파마머리를 한 뾰족구두의 아가씨!

도영호의 작은아버지는 '세상에 이런 법은 없다.'며 크게 나무랐지만 '이미 아이를 임신하고 있는 터여서 이제와 어른들이 반대해도 어쩔 도리가 없다.'는 박 선생의 당찬 태도에 작은집 식구들은 놀란 입들을 다물지 못했다.

'가서 진섭 에미 데려와야 한다. 어린것을 에미하고 떨어지게 해선 안 된다.'고 소리치는 작은아버지께 박 선생은 침착한 어조로 자신의 권리를 주장했다.

"전 첩으로는 못 살아요. 진섭이를 그 여자에게 주세요."

"그 여자에게 주라고? 대체 너는 학교 선생이라면서 조선 법도도 모르나? 내 핏줄이 다른 집에서 크는 것을 본 적 있는가?"

작은아버지의 꾸짖음에 박 선생은 서럽게 울며 도영호의 소맷자락을 붙잡고 앙탈을 부렸다.

"왜 내 신세를 이 꼴로 만들었어요? 이런 대접받느니 내 차라리 죽어버리겠어요."

곧 죽으러 나가는 사람처럼 통곡을 하며 팔을 휘두르면서 일어서는 박 선생을 도영호는 애써 달래 앉히면서 작은아버지께 다시 한 번 두 사람 사이를 인정해 달라고 간청했다.

"작은아버지, 사람이 한평생 살면서 내가 좋은 사람과 살아야 하지 않겠어요? 진섭 에미는 예의범절 깍듯하고 집안 살림 잘하고 음식 솜씨 좋은 사람이어서 어른들께는 아주 나무랄 데 없는 사람이지만 저는 박 선생처럼 애교 있고 남자 맘을 잘 어루만져 주는 여성이 좋아요. 이미 진섭 에미는 내 아내가 아닙니다."

"아내가 아니라니?"

"온양에 있는 논 서마지기 문서와 이혼 서류를 함께 보냈어요."

"뭐라고? 이놈! 네가 미쳐도 단단히 미쳤구나. 그 착한 진섭 에미에게 이혼 서류를 들려 보냈다고? 이 나쁜 놈! 네가 사람이냐? 당장 내 집에서 나가라."

큰소리로 호통을 치는 작은아버지의 시퍼런 서슬에 두 사람은 슬금슬금 자리에서 일어났다.

도영호가 박 선생의 손을 이끌고 대문을 나설 때 '대문간에 소금을 잔뜩 뿌리라'는 작은아버지의 호통이 쩌렁쩌렁 귓가에 울렸다.

약간의 반대를 예상하긴 했지만 이처럼 자신을 이 세상의 웬 못된 놈으로 취급하며 박 선생을 화냥년 보듯 한 작은아버지의 극렬한 반대에 부딪친 도영호는 그 다음 날, 어린 진섭을 데리고 시내로 나가 새살림을 차렸다.

순금의 방문 앞에서 한참을 움직이지 않은 채로 서 있던 도영호는 지난 일을 되짚어 보며 이혼 서류가 들어 있는 것도 모르고 오라버니 주라는 서류 봉투를 보물단지인 양 소중히 들고 가마에 오르던 순금의 모습을 떠올렸다.

도영호는 순금의 방이 보이는 앞마당에 두 무릎을 꿇었다.

"진섭 어머니, 나 진섭 애비요. 당신에게 이렇게 무릎을 꿇고 사죄하리다. 염치없는 말이지만 지난 일을 용서해 주시구료."

고요한 달빛 가운데 착 가라앉은 도영호의 울음 섞인 목소리는 진심으로 아내에게 용서를 비는 모습이었다.

진섭과 계자는 숨을 숙이고 거실에 앉아 창문으로 뜰 앞을 내다보고 있었다. 이제나저제나 어머니의 방문이 열릴 때를 기다렸지만 방 안에선 아무런 기척이 없었다.

도영호는 다시 한 번 용서를 빌었다.

"진섭 어머니, 나 진섭이 애비요. 당신에게 이렇게 무릎을 꿇고 사죄하리다. 지난 일을 용서해 주시구료.

중학교 다닐 때 어머니를 닮은 여학생을 한때나마 혼자 좋아한 적이 있었소. 어머니 사랑을 모르고 자란 나는 그 여학생을 볼 때마다 이다음 어른이 되면 어머니를 닮은 그 여학생과 결혼하겠다고 생각하였소. 전쟁이 나고 서로 소식을 모르다가 아버지가 돌아가시고 마음을 잡지 못하던 내 앞에 그 여학생이 나타났소.

내가 근무하는 학교에 초임으로 부임하게 된 그 여선생에게 나도 모르게 빠져들고 말았소. 그렇게 그 여자와 석 달을 보내던 어느 날, 그 여자는 부모가 정해 준 사람과 결혼하기 위해 학교를 그만두고 시골로 내려갔소.

그런데 3년 후, 그 여자가 날 다시 찾아왔고 나는 이를 뿌리치지 못했소.

그때 나는 당신의 곧은 성미를 잘 알고 있었기에 사실대로 말할 수가 없었소. 아마 사실대로 말했더라면 당신은 목을 매었을 거요."

진섭과 계자는 숨소리를 죽여 가며 아버지를 지켜보았다. 시간이 지나도 여전히 어머니 방에선 아무런 움직임도 보이지 않았다. 분명 어머니도 또렷하게 아버지의 음성을 들었을 터인데 1시간이 지나도 계속 아무런 기척이 없었다.

돌부처처럼 그 뒤로도 한참 동안 마당에서 무릎을 꿇은 채 머리를 숙이고 있던 아버지의 어깨가 가늘게 흔들리고 있었다. 울음소리는 들리지 않았지만 아버지가 진심으로 사죄하고 있음을 진섭과 계자는 가슴으로 느낄 수 있었다.

진섭은 자신도 아버지 옆에 꿇어앉아서 어머니께 '이제 그만 아버지를 용서해 달라.'고 빌고 싶었다. 계자는 이런 진섭의 마음을 이미 읽고 있었는지 어둠 속에서 남편의 팔을 잡아당겼다.

"나서지 마세요. 여자의 한은 그리 쉽게 풀리는 게 아녜요."

도영호가 바지에 묻은 흙을 털어 내고 방으로 들어가자 사방은 고요한 적막으로 휘감아졌다.
잠시 후 어머니의 방에서 소리 없이 전등불이 꺼졌다.

이튿날 순금은 새벽같이 일어났다. 11시에 잠이 들면 5시에 어김없이 시계추처럼 정확하게 잠을 깨던 순금은 간밤에 잠을 깊이 들지 못하고 서너 번이나 뒤척였다.
다른 날보다 한 시간이나 눈을 일찍 뜬 순금은 절에 갈 때면 늘 입었던 회색 저고리와 바지로 된 절복을 입고 배낭을 멘 후 아들 내외가 깰까 봐 조심스럽게 대문을 열고 집을 나섰다.
역을 지나 터미널까지는 순금의 걸음으로 30분이면 족한 거리였으나 순금은 누가 쫓아오기라도 하듯이 걸음을 빨리 했다.
터미널에 도착하여 공주로 가는 첫 버스를 기다리며 하늘을 올려다보니 멀리서 새벽별이 반짝이고 있었다.
공주행 첫차를 타고 장기면 정류장에 도착한 순금은 아침 햇살을 받으며 영평사로 가는 언덕길에서 잠시 걸음을 멈추고 바윗덩이에 걸터앉았다.
'아버님, 폐백 드리던 날, 아들이 딴짓은 안 할 거라고 장담

하셨지요? 그날, 아버님 말씀 듣고 얼마나 좋아했는지 아세요? 잘생기고 똑똑하고 행동거지 반듯한 남자가 나 하나만 사랑해 준다고 생각하니 얼마나 좋았던지…….

헌데 5년 만에 남편을 딴 여자에게 뺏기고 50년을 오매불망 아들 버린 죄인 되어 평생을 망인 수의 만들며 살아온 나인데 아직도 죄 씻음이 부족해서 당신 아들 도영호를 내 앞에 데려다 놓았나요?'

순금의 푸념은 어느새 눈물로 바뀌어 있었다.

아침 해가 순금을 따듯하게 비추고 있었으나 순금의 가슴은 차가운 쇳덩어리가 누르고 있는 것처럼 답답해 왔다.

영평사 경내에 도착한 순금은 천천히 법당으로 들어갔다. 목탁을 두드리며 예불을 드리는 스님 곁에서 절을 하고 있는 순금의 마음은 이 세상 모든 삼라만상이 하나같이 부질없게 여겨졌다.

정성스럽게 절을 하는 동안 마음은 점점 가벼워지고 있었다. 부처와 하나 되는 것 같은 마음은 이제 모든 것을 다 털어 버리고 남편을 용서하는 자세로 살아가는 자신을 확신함에 몸이 날아갈 듯이 가벼워졌다.

순금은 절을 그치지 않았다. 108배를 작심한 절은 어느새 200배를 지나 500배를 향하고 있었다.

절을 끝내고 산을 내려올 때엔 모든 것이 다 새롭게 보였다. 길가에 서 있는 나무도 생명을 가진 사람으로 보였고, 발 아래 밟히는 잡초도 끈질긴 하나의 생명체임이 느껴지자 순금의 발걸음은 매우 조심스러워졌다.

어느새 날이 어두워지고 있었다. 싱그런 밤바람이 귓가에 스쳤다. 집에 가면 모든 걸 다 잊어버리겠다고 입 속으로 되뇌던 순금의 눈앞에 또 다시 57년 전의 남편 모습이 떠올랐다.

자상한 말투로 '친정에 다녀오라.'며 자신의 손에 하얀 봉투를 쥐어 주던 남편의 모습이 음흉한 악마처럼 떠올랐다.

"나쁜 놈! 교활한 놈."

순금은 자신도 모르게 큰 소리로 욕설을 내뱉었다.

모든 것을 용서하겠다던 그 넓은 마음은 어디론지 사라져 버리고 또다시 회한과 애통으로 가슴이 저려 왔다. 절대로 용서할 인간이 아니었다.

가슴속에 품어 온 원망과 저주는 500배의 절을 하고 내려온 순금의 가슴을 또다시 난도질하고 있었다. 세상 것이 모두가 다 추잡하게 느껴지면서 자신의 처지를 이렇게 만든 한 남자에 대한 씻을 수 없는 원성은 죽기 전엔 잊힐 것 같지 않은 통한으로 가슴속에서부터 커다란 응어리가 목덜미로 치솟는 것만 같았다.

　계자는 새벽같이 방문을 여는 시어머니의 기척에 눈을 떴으나 그냥 자리에 계속 누워 있었다. 소리 나지 않게 대문을 열고 나가는 시어머니의 50년 묵은 회한을 그녀는 같은 여자로서 조금이나마 알 것도 같은 마음이었다.
　'그래, 아마도 쉽게 용서되지 않을 거야. 50년 동안 자식을 떼어 놓고 원망 속에 보낸 그 회한이 그리 쉽게 가실 리가 없지.'
　그날 이후로 진섭과 계자는 이른 아침이면 소리 없이 절에 갔다가 해가 넘어서야 집에 들어오는 어머니와 밤이 늦도록 어머니의 방문 앞에 꿇어 엎드려 매일 똑같은 말로 용서를 비는 아버지 사이에서 할 말을 찾지 못했다.
　그저 모르는 척하기로 서로 마음을 정하였다.
　계자는 집에서 식사를 하지 않는 시어머니에게 밤이면 인삼차를 갖다 드리면서 '아버님은 방에다 늘 상을 따로 봐 드린다.'고 말했으나 순금은 아무런 대꾸를 하지 않았다.
　이렇게 순금과 도영호는 서로 얼굴을 보지 않은 채 석 달을 보내고 있었다. 도영호는 오늘 밤도 순금의 방 앞에서 머리를 조아리며 용서를 빌었다.

... 글 속에서 ...

발아래 밟히는 잡초도
끈질긴 하나의
생명체

9. 속죄

순금은 자리에서 일어나 작은 소리로 불경을 외웠다. 불경 소리가 낭랑하게 방 안으로 퍼졌다. 계자가 주방에서 아침을 준비하는 기척이 들리자 순금은 주방으로 나갔다.

"어머니, 나오셨어요?"

계자가 놀란 토끼마냥 눈을 동그랗게 뜨면서 반가운 목소리로 인사를 했다.

"그동안 너희들 마음 불편하게 해서 미안하다. 오늘은 다 같이 밥을 먹자."

찬장에서 국그릇을 꺼내는 계자의 손길이 바쁘게 움직이는 것을 보며 그동안 자신이 며느리를 심적으로 많이 고생시킨 것을 진심으로 미안하게 여겼다. 순금은 수저통이며 김치 그릇을 쟁반에 담았다.

그때 진섭이가 큰 소리로 다급하게 계자를 불렀다.

"여보! 크 큰일났어. 아 아버님이…….."

평상시와 달리 아침에 기침 소리가 없어서 아버지의 방문을 열어 본 진섭은 급히 계자를 불렀다.

눈을 감고 반듯하게 누워 있는 아버지의 모습에 진섭은 등골이 오싹하니 소름이 쭉 끼쳤다.

"왜 그래요?"

"아버님이, 아 아버님이……."

"아버님이 어떤데요?"

놀라서 더듬거리는 남편의 말에 계자는 얼른 도영호의 방 안으로 뛰어들었다. 이불을 편 채로 반듯이 누워 있는 시아버지의 모습에 계자는 까무라치도록 놀랐다.

"아니, 아버님! 이게 대체 어찌된 일예요?"

진섭과 계자는 황급히 이부자리 앞으로 다가가 도영호를 흔들어 깨웠으나 그는 이미 눈을 감은 채 싸늘한 주검이 되어 있었다.

진섭은 너무도 놀라서 말이 나오지 않았다.

'대체 이 노릇을 어쩌란 말인가? 아버지를 모신 지 이제 석 달인데…… 이를 어쩌나? 편히 모시려 들었는데 아버지를 죽게 만든 자식이 되다니…….

어디 그뿐인가? 아버지를 죽이려고 모셔 갔느냐며 막무가

내로 대들 이복동생들의 얼굴을 대체 어떻게 볼 수 있단 말인가?'

진섭은 아버지를 용서하지 못하고 끝내 죽음에 이르게 한 어머니가 한없이 야속했다.

'아무리 여자의 맺힌 원한이 크다 하더라도 이제 세상 끝날 날 얼마 남지 않은 80 넘은 노인들이 일을 이 지경으로 몰고 가다니…….

대체 아버님은 어쩌자고 음독을 꾀하였단 말인가? 어머니와의 해결을 꼭 이렇게 죽음으로 매듭지어야 했단 말인가? 나와 아내, 그리고 아이들은 어떻게 하라고? 어떻게 얼굴을 들고 문밖 출입을 한단 말인가? 편히 모시겠다던 아버지를 생각지도 못한 죽음으로 이르게 한 이 불효를 어찌한단 말인가?'

밖에서 방 안의 음성에 귀를 기울이고 있던 순금은 들고 있던 쟁반을 떨어뜨릴 뻔하였다.

도영호와 한 집에서 지낸 지 어제가 석 달이 되었음을 순금은 달력을 보지 않아도 잘 알고 있었다.

밤마다 도영호가 마당에 꿇어앉아 용서를 구했으나 순금은 한 번도 밖을 내다보지 않았다.

언제나 새벽이면 집을 나가서 절에 도착하여 불공을 드리고 저녁 공양을 마친 후 집으로 돌아오는 순금의 가슴은 시간이 지나면서 그토록 잊혀지지 않던 원망과 가슴속을 후벼 파는 분노가 점점 사그라지고 있었다.

순금은 이제 밤을 기다리는 자신을 바라보았다.

땅바닥에 무릎을 꿇고 용서를 비는 도영호의 모습에서 이제 그녀는 아무런 힘도 없는 구차한 인생의 일면을 보게 되었다.

젊은 날에 아무렇게나 내던져진 자신의 비참함이 이제는 고스란히 도영호에게로 되돌아간 것만 같은 통쾌감도 언제부턴가 사라져 버렸다.

모든 것을 자신의 의지대로 할 수 있었던 도영호가 이제는 자신의 의지대로는 아무것도 할 수 없는 초라한 늙은이로 변하여 거리를 유랑하는 거렁뱅이 꼴이 되어 버린 신세에 가슴 한구석으로부터 슬픈 인연에 대한 서글픔이 밀려들었다.

이제 모든 것을 용서하고 다시 시작하려는 마음으로 주방에 나온 자신의 귀에 들려오는 도영호의 죽음! 대체 어쩌자고 스스로 목숨을 끊는단 말인가? 이제 겨우 석 달간 용서를 빌었을 뿐인데…….

하루를 더 참지 못하고 죽음의 길을 택하다니…….

순금은 들고 있던 쟁반을 식탁 위에 내려놓으며 도영호와 자신의 몹쓸 인연에 고갤 떨어트린 채 깊은 한숨을 쉬었다.

 '하루를 더 참지 못하다니…….'

 '하루를…….'

 '불쌍한 사람.'

 '하루를 더 참지 못하다니…….'

... 글 속에서 ...

하루를 더 참지 못하다니…….

10. 남은 자의 한

"오빠, 대체 이런 일이 있을 수 있어요?"

"형님, 모시지 못하겠으면 진작 말할 것이지 모셔 간 지 며칠이나 되었다고 아버님을 죽게 한단 말입니까?"

"큰오빠가 이러고도 공직 생활 편히 할 것 같아요? 내 가만 놔두지 않을 거야."

도영호의 부음을 듣고 서울서 내려온 진섭의 배다른 동생들은 모두들 하나같이 신도 벗지 않은 채 거실 마루에 오르자마자 몸부림을 치면서 진섭의 멱살을 움켜잡았다.

"아버지를 살려 내. 아버지를 살려 내지 못하면 내 가만 놔두지 않겠어."

그들은 아버지를 죽음으로 이끈 데 대한 책임을 지라며 진섭의 멱살을 잡은 채로 흔들어 댔다. 진섭이 이복동생들에게 둘러 싸여 멱살을 잡힌 채 꼼짝달싹 못 하고 쩔쩔매고 있을 때였다. 순금이 거실로 나오면서 조용하지만 아주 힘 있는 목소리로 말했다.

"손들 놔라. 네 아버지가 죽은 것은 진섭이 잘못이 아니라 스스로의 잘못으로 인한 것이다."

금방이라도 진섭을 거실 바닥에 내동댕이칠 것 같은 기세였던 이복동생들은 서슬이 시퍼런 노부인의 또랑또랑한 음성에 흠칫하니 놀라면서 손을 내려놓았다.

"모두들 앉거라."

순금이 먼저 거실 안쪽에 자리를 정하자 진섭의 뒤를 이어 쇠붙이가 자석에 이끌리듯 모두들 순금의 앞에 나란히 무릎을 꿇었다.

"내가 진섭이 에미니라."

"네?"

"7년 전, 이곳으로 온 나는 석 달 전에 너희 아버지를 57년 만에 다시 만났다. 너희 아버지는 여기 온 첫날부터 내게 용서를 빌었지만 난 그 목소리를 들을 때마다 가슴 한복판에서 증오가 치밀어 올랐다. 자식을 생이별하게 만든 너희 아버지를 나는 쉽게 용서할 수 없었다.

너희 아버지는 내게서 진섭을 빼앗아 간 죄를 죽음으로 갚았다."

"……."

"이젠 모두들 조용히 장례를 치르도록 하거라."

순금이 나가고 나자 동생들은 좀 전과는 전혀 다르게 고갤 숙인 채 얌전하게 앉아 있었다.

잠시 후 그들은 서로 소곤소곤 말을 나누더니만 진섭을 향해 막내가 무릎을 꿇었다.

"큰오빠, 무례했던 행동을 용서하세요. 이곳에서 큰오빠의 친어머니를 만나리라고는 꿈에도 생각 못 했어요.

큰오빠는 엄마가 낳은 아들이 아닌 것을 고등학교 입학하고서야 알게 되었어요. 언제나 공부를 1등만 하는데다 늘 맛있는 것이 있으면 큰오빠만 먼저 챙겨 주시는 어머니가 난 너무도 못마땅했지요.

사춘기로 접어서자 더욱 큰오빠만 챙기는 아버지 태도는 '내가 혹시 친자식이 아닌가' 하는 생각이 들어서 호적 등본을 떼어 보았지요.

그때 생각나세요? 내가 며칠 동안 배가 아파서 학교도 못 가고 있었을 때 큰오빠가 '너 안 먹으면 나도 안 먹겠다.'며 흰죽을 들고 와 내 입에 떠 넣어 주었지요.

난 그때 큰오빠 손을 붙잡고 한참 동안 울었지요. 같은 뱃속에서 나온 오빠나 언니도 나 아픈 것을 먼 산 보듯 하는

데…….”

"닷새나 밥 한 술 뜨지 못한 네 얼굴은 아주 말이 아니었지.”

"나는 그때야 친오빠가 아닌 것을 알았지만 큰오빠는 내가 태어났을 때부터 친동생이 아닌 것을 알았을 텐데 어쩌면 그렇게도 나를 잘 보살펴 주었는지…….”

"그 뒤로 넌 공부도 열심히 하고 말도 아주 잘 듣는 동생이 되었지.”

"큰오빠한테 지지 않으려고 열심히 했던 거지요.

난 큰어머니가 돌아가신 줄만 알았어요.

그날, 아버지께 조용히 여쭈었더니 이 세상 사람이 아니라고 하셨거든요.

이제 와 생각하니 아버지께서 '네 어머니에겐 아무 말 말거라.' 하신 뜻이 짐작 가네요. 어떤 일을 보면 참지 못하고 잘잘못을 파헤쳐야 속이 시원한 엄마 성미를 잘 아는 아버지였기에 집안 분란 일으키지 않으려고 그러셨던 것 같아요.”

"하루만 더 참으셨더라면 좋았을 것을…….”

"하루만 더 참다니요?”

"어제까지 아버지와 눈 한 번 마주치지 않으시던 어머니가 오늘은 아침 일찍 주방에 나오셔서 다 같이 아침을 먹자고 하시며 상에다 아버님 수저를 놓고 계셨거든. 네 올케언니와 난 이제 두 분이 화해하게 된 것을 아주 기뻐하며 아침 드시라고 모시러 갔더니만…….”

"아버지의 명이 이 뿐인 거지요."

진섭은 아버지의 죽음을 여러 사람에게 알릴 수가 없었다. 친척들에게조차 알리지 않고 가족들만의 장례식을 준비하며 아버지의 묘소를 어떻게 해야 할까 망설였다.

진섭의 이복동생들은 발인을 앞두고 진섭의 눈치를 살피고 있다가 막내가 입을 열었다.

"묫자리를 어떻게 할 거예요? 큰어머니가 이렇게 살아 계시잖아요. 아버지를 가운데 두고 어머니와 큰어머니를 양옆에 써야 할지 아니면 50여 년을 함께 살아온 우리 엄마와 합장을 해야 좋을지요? 다른 형제들은 우리 엄마와 합장을 해야 한다고 하지만 난 큰어머니 뜻에 따르고 싶어요."

"고맙구나. 그럼 함께 어머니께 가 보자."

순금은 진섭과 함께 들어온 도영호의 막내딸을 바라보며 옷매무새를 고치면서 방석에 바로 앉았다.

"말하시게."

"묫자리를 어떻게 써야 할까요? 이다음에 큰어머니께서 아버지 옆에 묻히고 싶으시다면 어머니와 합장하지 않고 아버지 묘를 따로 쓰겠습니다."

"자네 마음 씀은 고맙네만 그럴 필요 없네. 살아서 박복한 인연이었는데 죽어서 옆에 묻히는 게 무슨 소용이 있겠으며 또 길러준 어머니도 낳아 준 에미 못지않은데 진섭이를 보아서라도 당연히 자네 어머니와 합장을 해야지."

"그래도 괜찮겠습니까?"

"이미 57년 전에 난 도영호의 안사람이 아니었네."

두 사람이 방을 나가자 순금은 무상한 인생살이에 대한 슬픔이 물밀 듯이 가슴에 차올라 앉은 채로 꼼짝하지 않고 한동안 방바닥을 내려다보았다.

'내 뱃속으로 낳은 금쪽같은 내 새끼가 저리도 잘났는데 나는 죽어도 누울 자리가 한 자락도 없으니……'

누구든지 죽으면 한 줌의 재가 됨에 세상 미련 둘 것 없다고 수많은 세월 속에 다짐을 하고 또 다짐을 했건만 막상 살아서도 남남이었으나 죽어서도 남남인 몹쓸 인연에 가슴속에서부터 치밀어 오르는 쓸쓸함을 쉽게 억누를 수 없었다.

생각 같아서는 도영호의 시신을 붙잡고 소리치고 싶었다.

'이렇게 생목숨을 끊어야 했느냐?'고.

'반세기가 넘는 그 긴 세월도 견딘 나인데 고작 석 달을 참을 수 없었느냐?'고.

'에미 없이 자란 자식 가슴에 애비 죽였다는 오명을 씌우니 좋으냐?'고.

 순금은 바짝바짝 타들어가는 속풀이를 실컷 하고 싶었지만 진섭을 생각할 때 이도 부질없는 짓임에 고갤 떨군 채 방바닥만 뚫어지게 바라보고 있었다.

 눈물이 방울방울 떨어지고 있었다. 장판의 꽃무늬를 타고 고여진 눈물이 여기저기 얼룩져 번지어 나갔지만 순금은 이를 닦을 생각을 하지 못한 채 깊은 한숨을 토해 냈다.

 '아! 하루만 일찍 용서할 것을…….'
 '아! 하루만 일찍 용서할 것을…….'

... 글 속에서 ...

살아서 남남이었으니
죽어서도 남남일 수밖에 없는
몹쓸 인연

11. 내가 설 곳

장례가 끝날 동안 순금은 방 안에서 꼼짝도 하지 않고 염주를 굴렸다. 계자가 갖다 주는 소찬도 거의 먹지 않은 채 도영호의 명복을 빌었다.

오늘 도영호의 삼우제가 있기에 순금은 영평사를 가려고 절옷을 입고 집을 나서려는데 전화벨이 울렸다.

"보해구나. 어떻게 내 전화를 알았어?"

"7년 전에 나를 찾아 상천에 왔을 때 내가 혹시나 해서 오라버니한테 네 전화번호를 알려 달라고 했어. 순금아, 별일 없니?

엊그제 꿈에 네가 하얀 소복을 입고 무덤 앞에 앉아 있더구나. 뭔 일이 있는 것만 같아서 전화한 거야. 무슨 변고가 생긴 것 같은데?"

"변고? 변고가 생기긴 했지."

"대체 무슨 일이 생긴 건데?"

"엊그제 도영호를 땅에 묻었어."

"그게 무슨 소리야? 도영호가 죽다니?"

"얼마 전에 도영호가 우리 집에 왔어. 밤이면 땅바닥에 무릎을 꿇고 석 달을 빌더군. 하지만 쉽게 용서가 되지 않았어. 오늘 삼우제가 있어서 아들네 식구들은 산소에 가고 나는 영평사에 가려던 참이야. 하루만 일찍 용서했더라면 그렇게 생목숨을 끊지 않았을 텐데……."

"그래서 꿈에 소복 차림의 네 모습이 보였구나."

"보해야, 죽음에 대해서 어떻게 생각해?"

"죽음? 여기 교회 사람들은 죽음이 영혼의 세계로 다시 태어나는 시작이라고 믿고 있어. 하여 여기 사람들은 죽음을 두려워하지 않아. 영혼이 다시 사는 소망을 안고 이 세상을 살아가기에 항상 주님 안에서 평안해.

돈이 없어도 괴롭지 않고 몸이 아파도 원망이 없어. 주께서 먹여 살리기에 내일 먹을 것을 걱정하지 않고 주께서 인도하는 대로 따라가기에 죽음이 두렵지 않지.

이제 우리 나이가 팔십 둘이야. 내일 죽을지 모레 죽을지 아무도 알 수 없지.

순금아, 너는 죽으면 영혼이 어디로 간다고 생각해? 절에 다니는 사람들에게 물어보면 부처님 계신 극락에 가고 싶다고 말하지만 죄지은 게 많아서 극락왕생 못 한다고 하더군. 이승에서 지은 죄의 크기대로 사람이나 동물로 환생한다고 믿으며 짐승을 학대하면 안 된다고들 말하던데 너는 어떻게 생각해?"

"……."

"나는 이 세상 이별할 때 나의 혼을 천사가 와서 데려가길 소망하며 오랜 세월 동안 주님 위해 공로를 쌓았어. 남들이 세상 부귀영화에 목숨을 아끼지 않을 때 나는 기도하며 주님을 위해 희생했어. 남들이 인생길을 가며 웃고 떠들 때 나는 영혼이 가는 길을 닦았어.

하지만 내 영혼을 위한 나의 길 닦기는 아직도 멀었어. 저 높은 곳을 향해 가기 위해서 내 뜻과 정성 모두어 날마다 기도해도 기도가 모자라고 사랑이 부족해."

순금은 보해의 이야기가 귀에 들어오지 않았다.

"보해야. 버스 시간 다 되어 가. 다음에 통화하자."

순금은 무거운 발걸음으로 집을 나섰다.

도영호의 영혼이 어디로 가는가도 생각하고 싶지 않았고 또 자신의 영혼에 대해서도 생각하기 싫었다.

순금의 머릿속은 계속 보해와 이야기를 주고받았다.

순금은 도영호의 죽음을 '이생에 지은 자신의 업보에 대한 인과응보'라고 말했고, 보해는 '순금의 업보'라고 말했다.

'원망만 가슴에 담고 석 달을 보냈다니 네가 참 한심스럽고 불쌍하구나. 도영호는 도영호대로 세상 산 업보가 있을 테고, 너는 너대로 세상 살면서 지은 업보가 있지 않겠어?

너는 죄 없이 평생을 살았다고 말할 수 있어?

험한 일 하는 사람들 속에 끼어 본 적 없이 남이 해 주는 밥 먹고 좋은 집에서 편히 잠자며 예쁜 옷으로 몸치장하고 살아온 사람은 좋은 것만 보고 살아서 죄를 지을 시간도 없었다고 말하려나?

도영호가 네 집에 온 날, 그날 용서해 주었더라면 네 마음이 지금처럼 허망하지 않았을 거야. 허망하다는 건 뭐겠어? 원망과 불평의 끝에서 아무것도 손에 쥐지 못한 마음이 아니겠어?

용서하기가 그토록 힘들었어? 왜? 남편 노릇 안 해 주고 자식 뺏겼다고? 남편과 자식을 잃어버린 사람이 너 하나뿐이니? 사실대로 말하지 않고 속임수를 써서 배신해서라고? 사실을 알았으면 네 성격에 목을 맸을걸.

도영호가 네 방 앞에서 땅바닥에 무릎을 꿇고 용서 빌 때 네 자식 마음은 어땠을까? 목숨을 주어도 아깝지 않은 자식이라고 말하면서 그 자식 마음을 석 달씩이나 움츠리게 한 네 강퍅함이 결국은 이복동생들과 이웃에게 애비 죽인 자식이라는 오명을 쓰게 만들고…….

그건 업보가 아니고 죄 없음인가?

용서받지 못하고 괴로움에 스스로 목숨을 끊은 한 남자의 회한은 아무것도 아닐까? 평생을 절에 가서 부처님께 대체 무얼 빈 거야? 부처님이 원망과 불평만을 차곡차곡 쌓아 두라고 가르쳐 주던감?

예수님은 원망 대신 용서, 증오 대신 사랑을 가르쳐 주시는데 부처님은 용서 대신 원망, 사랑 대신 증오를 가르쳐 주시던가?

인생은 나라는 존재를 버리고 비고 빈 가슴으로 살아야 하는데도 우리들 모두는 어리석고 미련하고 완악하고 교만해서 욕심을 버리지 못하고 죄 위에 죄를 쌓고 살면서도 자신이 죄가 없는 걸로 알고 있지. 어리석고 미련하고 완악하고 교만함으로 자신의 본성이 악하여 죄의 옷을 천 겹 만 겹 입고 있는 것을 깨닫지 못하고 있지. 자신에게 사랑이 부족한 걸 알지 못하면서 남에게 사랑하라고 가르치는 어리석음의 인생살이가 바로 우리들이야.

하기사 비고 빈 마음으로 세상 모두를 담담하게 여기고 행복도 불행도 뛰어넘는 이 길을 걸어가기가 말처럼 쉽지 않지.

　행복해지고 싶은 욕망을 뛰어넘지 못하기 때문에 번민과 괴로움이 우리 곁을 떠나지 않고 평생을 따라다니지. 결국은 아무것도 쥐지 못하는 허망함이 가슴을 짓누르게 되고 이 허망함을 이겨 내지 못한 우리들 인생은 끝내 죽음에 이르러 목 놓아 울지.'

　보해의 음성이 하늘에서 들려오는 것만 같아 순금은 가던 길을 멈추고 하늘을 올려다보았다.

　터미널에 도착한 순금은 막 떠나려고 하는 공주행 버스에 가까스로 올라탔다.

　차는 느릿느릿 시내를 빠져나가고 있었다.

　눈을 돌려 창밖을 바라보니 멀리 흰색 건물 위 뾰족한 탑 위에 세워진 십자가가 눈에 들어왔다.

　어릴 적에 순금은 가난한 사람들이나 교회에 다닌다고 생각했다. 교회에서 빵과 과자를 주었다며 이웃 아주머니들이 때가 낀 손을 순금에게 내밀 때면 그 더러움에 속이 다 메스꺼웠다.

　신작로 건너편에 있는 교회 옆을 지나갈 때면 울면서 소리치며 하나님을 부르는 그들의 목소리는 꼭 미친 사람들이 울부짖는 것처럼 들렸기에 순금은 일부러 길을 돌아서 다녔다.

어린 시절부터 어머니를 따라 절에 다니기는 했지만 불경의 깊은 이치를 깨우치는 공부는커녕 백팔 번뇌도 절만 했을 뿐 번뇌에 대한 법문조차도 아직 외우지 못한 자신을 바라보았다.

지금껏 건성으로 초하루와 보름이 되면 절을 찾아가 불전을 놓고 업장 소멸 해 달라는 게 전부였던 자신에 비해 기독교인으로서의 신앙 태도가 아주 확고한 보해의 믿음 생활은 얼마나 높이 보이는가!

매일 새벽 4시면 예배당에 올라가 기도를 하고 예배당 구석구석 청소를 한 후 휴게소 자율 식당에서 항상 예수님을 맘속으로 그리며 온종일 봉사하면서 경건한 마음가짐으로 틈틈이 성경 쓰기를 하며 찬송을 한다는 보해는 순금과는 세상 보는 시야도 전혀 달랐고 세상 사는 가치도 너무나 달랐다.

허망한 인생을 살아온 자신은 오늘도 이리저리 헤매고 있지만 하나님과 예수님을 섬기며 의지하는 보해의 삶은 복되고 평안한 행복의 일상임을 순금은 보지 않아도 알 수 있었다.

... 글 속에서 ...

영혼의 세계를 믿는 그들은
죽음이 두렵지 않았다.

12. 그리고 그 후

그 후 순금은 모든 짐을 다 정리한 후 보해가 준 찬송가 책과 필기도구, 그리고 절옷 2벌과 수의를 만들 비단 두 필을 가지고 영평사로 들어가 마음 닦는 공부에 전념하였다.

아들 진섭과 며느리 계자가 월말이면 순금의 옷가지와 간식거리, 숙식비를 주러 와선 집으로 돌아가자고 수없이 권했지만 순금은 '여기가 내가 있을 곳이다'며 아들 내외의 마음만 받았다.

순금은 아침 공양 후에 장군산 둘레길을 한 바퀴 돌고 나서 펜을 들었다.

아들 진섭에게만 말하고 싶은 인생살이 이야기.

'하루가 늦은 용서'를 쓰기 시작했다.

2부

들어가기

저녁 공양이 끝나자 찬희는 법당으로 올라갔다.

동자 세 명이 법당 마루에 얼굴을 숙이고 염주를 굴리면서 큰 소리로 '나무아미타불'을 연신 같은 목소리로 뇌어서 마치 한 사람이 염불을 외우고 있는 것 같았다.

108배를 끝낸 찬희는 말없이 염주를 굴리면서 영평사 경내를 돌기 시작했다.

얼마나 돌았을까. 두어 시간은 족히 걸은 듯하다.

공양주 보살 방 뒤로 길게 세워져 있는 폭이 좁은 쪽마루에 걸터앉아 하늘을 보니 별이 총총한 사이로 배가 부른 상현달이 떠 있었다.

'하루가 늦은 용서'를 읽고 난 찬희의 가슴은 자신과 시어머니 최 씨와의 관계가 떠올라 마음이 무거웠다. 나이가 많으냐 적으냐의 차이이지 자식 가진 여자이기에 겪는 아픔은

예나 지금이나 다를 게 없다는 생각을 하며 지난 세월을 떠올렸다.

... 글 속에서 ...

자식 가진 여자이기에 겪는 아픔은
예나 지금이나 다를 게 없다.

1. 시집살이

 맏딸로 쌍둥이 여동생 둘이 있는 찬희는 살림이 크게 넉넉지 못하여 공부는 우등이었지만 대학을 가지 못하고 고등학교 졸업 후 전화국 교환원으로 취업을 해서 동생들의 학업을 도왔다.
 한 해 두 해 나이가 들면서 여기저기 중매가 들어왔지만 혼담이 오고 가는 데마다 살림살이 형편이 너무 차이가 나서 감당할 자신이 없었기에 결혼을 미루고 있었다.
 25살이 되던 해, 찬희는 만학의 길로 인해 결혼 시기를 놓친 사람과 맞선을 보았다. 나이 차가 있었지만 신중하고 성실한 생활 태도로 인내심과 의지력이 믿음직스러워서 홀시어머니에 월세방을 살고 있는 그를 반려자로 선택했다.
 남편은 이제 막 철도국 정직원이 되었기에 월급이 많지 않았지만 둘이 벌어서 한 사람 월급으론 대출금을 갚고 한 사람 월급으로 살림을 하면 되겠기에 결혼식 비용을 아껴서 결혼과 동시에 대청을 끼고 있는 세 칸 방의 작은 기와집을 매입해서 신혼살림을 시작했다.

교환원의 일은 일반 회사나 공무원 또는 은행원처럼 정시에 출퇴근을 하는 업종이 아니었다. 3교대 근무로 하루는 8시 출근에 4시 퇴근, 이튿날은 4시 출근에 12시 퇴근, 3일째는 12시 출근해서 이튿날 8시에 퇴근하면 그 다음날 하루를 쉬는 근무제임에 식사라든가 잠자는 게 일정하지 않은 직업으로 생활의 불규칙에서 오는 피로감이 타 직종에 비해 컸기 때문에 여성으로서는 감당하기 어려운 직업 중의 하나였다.

집안 살림은 시어머니 최 씨의 몫이었다.

월세방을 면하게 해 준 며느리에게 시어머니인 최 씨는 '살림은 내가 도맡아 해 줄 테니 직장일이나 잘하라'며 12시 출근 날이면 11시에 밥을 챙겨 주고 4시에 퇴근하는 날이면 '저녁 준비는 내가 다 알아서 할 테니 한숨 푹 자라'며 찬희를 주방에 얼씬도 못하게 했다. 쉬는 날도 찬희는 시어머니의 배려로 며칠간 쌓인 피로를 늦잠으로 풀었다.

결혼 1년 만에 첫딸을 얻고부터는 시어머니도 찬희도 바빠졌다. 갓난아기 하나의 살림살이가 집안을 온통 정신없이 흩어 놓았다. 아기가 걸음을 걷기 시작하면서 힘에 부치게 되자 깔끔하고 정리정돈이 생활 수칙인 시어머니의 고단함은 찬희에게 간간 짜증을 내기 시작하면서 간섭이 늘어나기 시작했다.

'아기 돌보느라 정신이 없으니 이제부터 네 빨래는 네가 하라.'는 시어머니의 통보가 섭섭하다기보다 죄송한 맘이 컸던 찬희는 '어머니, 죄송해요. 제가 아기를 키워야 하는데 아직 대출금을 반도 갚지 못해서 직장을 그만 둘 수가 없어요. 매일 힘드신 거 잘 알아요.' 하면서 월급 때마다 용돈을 더 넣어 드렸다.

둘째를 가지면서 시어머니의 짜증은 매운 시집살이로 돌변했다. 쉬는 날이면 아기를 유모차에 태우고 동네 골목길을 한 바퀴 도는 것은 시어머니의 몫이고 찬희는 세끼 식사 준비에 청소며 설거지에 빨래까지 빨아서 널면 잠시도 앉아 있을 틈이 없었다.

저녁을 먹은 후에 잠깐 뉴스라도 보려 들면 시어머니가 어김없이 찬희를 부른다.

오늘은 또 뭘 트집 잡으려는 걸까? 엊그제는 조기 대가리를 잘라 내고 구웠더니 배웠다는 사람이 어두일미도 모르냐며 조기 대가리를 찾아다 육수를 만들어 놓으라고 소리쳤다.

찬희의 기척을 알아차린 시어머니가 방문을 열었다.

"너는 여자가 어째 그리 추접스럽니? 아니 팬티며 브라자를 벗었으면 그 자리에서 빨아 넣어야지 입던 걸 장롱 서랍에다 처박아 놓으면 되겠어? 친정에서 그렇게 가르치던?"

찬희는 너무도 기가 막혔다. '아니 이제 내 방 장롱 서랍까지 뒤지다니 기막히군. 상식이 없어도 유분수지 대체 출근한 며느리 옷장을 왜 뒤져 보는 거야? 출근하면서 옷을 갈아입다 보면 팬티나 브라자까지 시어머니가 빨게 하고 싶지 않아 장롱 서랍 한 구석에 놓아 두었더니 그걸 뒤져서 찾아내선 친정어머니를 들먹거리다니……'

찬희는 다음 달이 산달인 배를 바라보면서 입술을 깨물며 말없이 주방으로 들어와 요리용으로 준비해 놓은 2홉들이 소주 한 병을 꺼냈다. 소주잔이 안 보이기에 물컵에다 소주를 따르고 있는데 남편이 '저녁밥을 적게 먹었더니 출출하다'면서 주방으로 들어왔다.

찬희와 식탁에 놓인 소주병을 번갈아 보던 남편이 '당신 속이 안 좋으냐?'고 물었지만 찬희는 대답 대신 소주잔을 입으로 가져갔다. 남편이 '뱃속에 있는 아기에게 좋지 않다'며 얼른 소주잔을 뺏었다.

"어머니가 또 갈구었군. 이번엔 무슨 일이야?"

"……"

"힘들지만 어쩌겠어? 따로 나가 살 형편은 안 되고. 대출금 다 갚으려면 아직 2년을 더 있어야 하잖아. 그때까지 힘들지만 좀 견뎌 보자. 곧 둘째도 태어날 텐데, 그럼 우유 값에 아기 용품비도 만만치 않잖아. 그러니 참는 김에 조금만 더 참자. 둘째 태어나면 어머니도 좀 덜 하실 거야. 내가 이제부터는 집안일을 많이 도울게."

말을 마친 남편은 찬희에게 쉬라고 말하면서 찬장에서 라면을 꺼냈다.

찬희는 방으로 들어와 침대에 누우면서 이대로 잠에서 깨어나지 않았으면 좋겠다고 생각했다.

'홀시어머니에 외며느리라니…….

예부터 청춘에 과부된 시어머니와는 한집에 사는 게 아니라며 친정어머니가 걱정했을 때 혼인하지 말아야 했는데…….

혼인을 달가워하지 않는 친정어머니에게 지금이 뭐 조선 시대인 줄 아느냐며 핀잔했는데…….

아직은 참고 견딜 수밖에…….

따로 살림 나갈 형편도 안 되고 게다가 직장을 관두지 않으려면 시어머니 손에 아기를 맡겨야 하니 내가 칼날 위에 서 있는 격이지. 아이도 키워야 하겠고 직장도 다녀야 하겠으니 내가 이 악물고 참는 수밖에.

 벙어리 3년, 귀머거리 3년, 눈봉사 3년이라더니 내가 그 신세가 되었구만.

 여자이기 때문에 받아야 하는 설움이 너무도 억울하지만 자식 가진 에미라 이럴 수도 저럴 수도 없으니 이 악물고 시어머니와 절대로 맞서지 말고, 벙어리로 3년은 견뎠으니 이제 귀머거리 3년을 견뎌 보자.'고 다짐에 또 다짐을 하며 눈을 감았다.

 둘째를 낳을 때 친정집에서 몸조리를 하고 싶었지만 친정어머니가 갑자기 수술을 하는 바람에 찬희는 할 수 없이 시어머니의 산 간호를 받았다.

 예상했던 대로 시어머니의 잔소리는 끝이 없었다.

 '내 무슨 팔자가 머느리 산 간호까지 해야 되는가? 하필 왜 이럴 때 친정어머니가 수술을 하게 될 게 뭐야? 내가 할머니면 자긴 외할머니인데 누구는 병원에서 해 주는 밥 먹으며 편히 누워 있고 누구는 팔자 더러워서 머느리 밥까지 해다 바쳐야 하다니……'

 날마다 시어머니는 방에 누워 있는 찬희 귀에 들리라고 일부러 큰 소리 내며 중얼거리고 있었다. 찬희는 방 안에서 꼼짝도 않고 말없이 시어머니의 푸념을 듣고만 있었다.

찬희는 시어머니의 잔소리를 피해 산후 휴가를 15일이나 반납하고 부기가 덜 빠져 부석부석한 몸으로 직장엘 나갔다.

남편이 퇴근해 오면 시어머니의 잔소리가 줄어들었다. 시어머니는 남편에게 두 애들이 커 가는 걸 보면 힘들지만 즐겁다면서 며느리는 낳기만 했지 키우는 건 내 힘이 크다며 노골적으로 자신의 공을 내세웠다.

3교대 근무가 아니고 일정하게 저녁 시간에 퇴근하는 직업이라면 시어머니 잔소리도 좀 덜 들을 것 같지만 아직 근무 연도가 턱없이 부족한 까닭에 사무실 근무는 요원한 일이었다. 분가해 나가서 살든가 참고 살든가 둘 중의 하나만이 살길이었다.

그렇게 한 해 두 해 해가 바뀌면서 찬희는 자신에게 문제가 생기고 있는 것을 알아채지 못한 채 말없이 로봇처럼 시간 되면 직장에 나갔고 때 되면 집에 돌아와 식사 준비를 했다.

하루도 빠지지 않고 보던 일일 연속극 프로도 보지 않았고 그처럼 좋아하던 가요무대 프로도 잊은 지 오래되었다. 아니 어떤 날부터는 TV를 아예 켜지 않았으며 잠도 아이들과 같이 자는 때가 많아졌다.

말없는 찬희를 향해 시어머니 최 씨는 때로 '답답해 죽겠다'며 큰 소리를 쳤지만 찬희는 아무 대꾸도 하지 않고 애들 방으로 들어가서 나오질 않았다.

  그렇게 시어머니와 함께 살면서 찬희는 입이 있어도 말하지 않고 귀가 있어도 듣지 않으며 몇 년을 하루 같이 지옥에 갇혀 있는 것 같은 세월을 보냈다.

2. 실어증

"여보세요? 박찬희 씨 부군인 오명규 씨인가요?"

"네. 그렇습니다만 누구시죠?"

"전화국입니다. 박찬희 씨 직속 상사인데 드릴 말씀이 있어서요."

"네, 무슨 일이지요?"

"박찬희 씨가 병이 좀 심각한데, 알고 계신가요?"

"병이 심각하다니요? 아프다는 말 없었는데요."

"교환원 일을 못 하고 있는 지 한 달이 지났어요."

"일을 못 하다니요?"

"말을 하지 않아서 외부 수신을 못 받고 있어요."

"말을 하지 않다니요?"

"근무 시간 내내 일절 말을 하지 않아요. 정신에 문제가 온 것 같습니다. 국장님께서 최선을 다해 병가를 낼 수 있도록 배려해 주실 겁니다. 치료를 서두르셔야 될 것 같습니다."

 수화기를 내려놓은 오명규는 어안이 벙벙했다.

 '말을 못 하다니? 대체 이게 무슨 말이야? 정신에 문제가 있는 것 같다고? 가만있자. 생각해 보니 언제부터인가 통 말하는 걸 듣지 못했네. 한 달? 두 달? 아니 언제부터지? 설마 그건 아니겠지? 실어증? 아닐 거야. 애가 둘이나 있는데 말을 못 한다니 그게 어디 말이 돼?'

 근무도 마치지 못하고 부랴부랴 집에 돌아온 오명규는 급한 김에 노크할 생각도 못 하고 후다닥 찬희가 쓰고 있는 방문을 열었다.

 로션을 얼굴에 바르느라 들고 있던 로션병을 놓쳐 버린 찬희는 말 한마디 없이 화장대 위에 놓인 휴지를 뽑아서 천천히 방바닥을 닦더니만 조용히 주방으로 나갔다.

 그 뒤를 따라가며 오명규가 물었다.

 "왜 근무 시간인데 집에 왔느냐고 묻지 않아?"

 "……."

 "대답 좀 해 봐. 뭐라고 말 좀 해 봐."

 "……."

 "여보, 말 좀 해 봐. 대체 언제부터야?"

 오명규의 음성은 떨리다 못해 울음이 섞여 나왔다. 가슴이

미어지는 것만 같았다.

찬희를 끌어안은 오명규는 '내 잘못이라'며 큰 소리로 울기 시작했다.

밖에 나갔다가 들어온 시어머니 최 씨는 주방에서 들려오는 아들의 울음소리에 깜짝 놀라 뛰어 들어왔다.

"아니, 에미가 어디 아프니?"

"어머니, 에미가 말을 못 해요."

"말을 못 하다니? 그게 무슨 소리야?"

"전화국에서 연락이 왔어요. 정신에 문제가 생긴 것 같다고요. 대체 언제부터 말을 안 한 거죠?"

"글쎄다. 워낙 말이 없는 사람이라서……. 그러고 보니 오랫동안 말하는 걸 한 번도 듣지 못한 거 같은데? 나랑 말하기 싫어서 안 하는 줄 알았지. 생각해 보니 애들하고도 말을 안 하고 지낸 것 같구나."

오명규는 무표정한 얼굴로 그 자리에 서 있는 찬희를 데리고 방으로 들어갔다.

"내일 병원에 가자. 전화국에서 병가를 내 주겠대. 괜찮을 거야. 병원 가서 입원하고 약 먹으면 괜찮을 거야. 뭐 마실 것 좀 갖다 줄까?"

눈치를 살펴가며 말했으나 찬희는 계속 무표정한 채로 말을 하지 않았다.

이튿날 찬희를 데리고 대학 병원 정신과를 찾아간 오명규는 진단 결과에 아연실색했다.

실어증으로 치료 시기가 늦어져서 회복이 거의 불가능하다며 말을 놓치기 시작한 지가 3년이나 되었는데 남편분이 아내의 병을 전혀 모르고 있었다는 게 이해가 되지 않는다는 담당 의사의 말에 오명규는 고갤 들지 못하고 그저 '죄송하다'는 말만 되풀이했다.

정신과 병동에 찬희를 입원시킨 오명규는 그날부터 일상이 바빠지기 시작했다. 그동안 두 애들 숙제와 학교 준비물을 필담으로 챙겨 준 찬희의 실어증 증세를 전혀 모르고 있던 자신의 무심함이 너무도 한심스러웠다.

이젠 두 애들 학습 준비를 챙겨 주는 것부터 시작해서 학교에 입고 갈 옷과 학용품 구입 등을 자신이 맡아 해야 했으며 퇴근 후엔 찬희의 병문안이 하루도 빠질 수 없는 일과가 되어 버렸다.

그렇게 찬희는 3개월간 입원 생활을 마치고 전화국장의 배려로 사무실 근무를 하게 되면서 출퇴근이 9시에서 6시까지로 일정해졌다.

찬희는 여전히 말을 하지 못했다.

두 애들이 엄마를 불러도 그냥 빙긋이 웃기만 할 뿐 아무 말도 못 하는 찬희에게 오명규는 죄인 아닌 죄인이었다.

최 씨는 '내가 시집살이 시켜서 며느리가 벙어리 되었으니 이 노릇을 어찌하느냐? 어떻게 하면 에미가 말할 수 있느냐'며 꺼억꺼억 아들을 붙잡고 울었다.

오명규는 그동안 모은 돈으로 시골에 작은 땅을 좀 살까 했는데 찬희를 위해 아파트로 살림을 나가기로 결심했다.

"어머니, 에미와 어머니가 이제 한집에 살 수 없어요. 제겐 어머니도 중요하지만 애들 엄마도 어머니 못지않게 소중해요. 저를 용서해 주세요. 아파트로 분가할게요."

"아파트 살 돈이 없지 않니?"

"아직은 돈이 부족해서 전세로 가려고요."

"돈이 부족한데 무리하지 말거라. 에미 병원비도 있어야 할 테니 너희 네 식구가 이 집에서 살고 내가 방 한 칸 얻어 나가마."

"어머니, 그럼 제 마음이 너무 힘들어요. 에미가 사무직으로 옮겨서 직장엔 계속 다닐 수 있으니까 병원비 걱정은 마세요. 제가 주말마다 어머니 보러 갈게요."

울먹이는 오명규를 향해 최 씨는 한숨을 쉬며 말했다.

"나는 에미가 이런 병에 걸리리라고는 상상도 못 했다. 멀쩡한 입 가지고 말을 못하다니? 더구나 그 말 못하게 된 원인이 나 때문이라고 생각하니 너를 볼 면목이 없구나. 나는 에미가 애도 둘이나 되니 좀 부지런하라고 잔소리를 좀 한 건데…….

의사가 내게 그러더구나. 며느리 눈에 안 띄는 게 도와주는 거라고. 내 에미 눈에 안 뜨일 테다. 에미가 하루 빨리 나아서 말할 수 있길 고대하마."

그날 이후 최 씨는 이르게 아침을 먹은 후 버스를 타고 아들네 아파트가 보이는 담 뒤에 숨어 있다가 찬희가 출근하는 걸 본 후에야 아파트에 들어가 설거지며 청소며 빨래를 찬희의 손이 가지 않도록 꼼꼼하게 치우고 저녁까지 준비해 놓은 후 집으로 향했다.

찬희가 퇴근할 시간이 되면 '할머니, 엄마 올 시간이야. 엄마 보면 안 되니까 빨리 가' 하며 최 씨의 등을 미는 어린 손녀의 행동에 눈물이 났지만 애써 이를 참으며 아파트를 나서는 최 씨의 걸음은 늘 무거웠다.

그렇게 10년 세월이 흘렀고 여전히 찬희는 말을 하지 못했다.

3. 꽃뱀

　일요일 아침, 오명규는 찬희에게 어머니와 아침밥을 같이 먹겠다고 하고 일찍 집을 나섰다.
　'어찌하면 좋을까? 아무리 생각을 해도 좋은 방법이 떠오르지 않았다. 대체 어디서 그 많은 돈을 구한단 말인가? 찬희에게 어떻게 말해야 좋을까? 사실을 알면 이혼하자고 할 텐데, 대체 이를 어찌해야 좋을까?'
　오명규의 발걸음은 어머니의 집과는 정반대 쪽에 살고 있는 당숙모 댁을 향했다.
　당숙모는 찬희를 소개해 준 중신어미로 집안 좋고 학벌 좋은 신여성이었다.
　아파트 문을 열어 주며 당숙모가 깜짝 놀랐다.
　"이렇게 일찍 웬일이야? 연락도 없이."
　당숙모가 앞치마에 손을 닦으며 오명규를 향해 '어머니가 아프냐?'고 물었다. '건강하시다'고 말하며 오명규는 당숙모가 권하는 소파에 앉았다.

"대체 무슨 일인가?"

"문제가 생겼는데 혼자 감당을 못 하겠어요. 애들 엄마한테 알릴 수도 없고 생각다 못해 당숙모님께 의논드리려고요."

"……."

"애들 엄마가 실어증으로 말을 못 하고 산 지가 10년이에요. 어머니로 인한 극심한 스트레스 때문에 생긴 병이라 생각하니 처음 몇 년은 애들 엄마에게 아주 많이 미안했어요. 어떻게든지 신경 안 쓰게 하려고 애들도 제가 돌보며 군소리 없이 지냈어요.

5년, 6년의 세월이 지나면서 애들도 손이 안 가도 될 만큼 자라게 되니 점점 집에 들어가 말 못 하는 아내를 처다보기도 싫증 나기 시작하더군요.

그러다 직장 친구 따라 사교춤을 배우기 시작했어요. 주 1회 꼴로 카바레에 가서 한두 시간 춤추고 나오면 스트레스가 확 풀리는 게 살 것 같더군요."

"일주일에 한 번 정도는 큰 문제가 없을 텐데, 대체 무엇이 문제인가?"

"석 달 전에 카바레에서 예쁘장하고 상냥한 올드미스를 만났어요."

"그래서?"

"올드미스라고 하기에 맘 놓고 저녁도 같이 먹고 영화 구경도 다니면서 시간을 보냈어요."

"꽃뱀 만난 거 아니야?"

당숙모는 오명규의 얼굴을 쳐다보며 큰 소리로 물었다.

"그래서 어떻게 됐는데?"

"며칠 전에 술 한 잔 먹고 난 뒤 여자가 어지럽다며 여관에 들어가 잠시 쉬었다 가자고 해서 같이 여관에 들어갔는데 방 안에 들어서자 갑자기 목을 끌어안고 매달리더군요.

너무 당황스러워 여자 손을 뿌리치는 그때, 갑자기 방문이 열리더니 떡대 좋은 젊은 남자가 들이닥치더니만 여자의 머리채를 휘어잡고 뺨을 후려치며 발길질을 하더군요.

여자가 방바닥에 쓰러져 계속 폭행을 당하고 있기에 대체 누구인데 이 사람을 때리느냐고 물으니 남편이라는 거예요."

"꽃뱀한테 걸렸구만."

"그 남자는 이미 제 근무지도 알고 집도 알고 있었어요. 집안 조용하길 원하고 직장에 알리고 싶지 않으면 1주일 내로 1000만 원을 내놓으라니 대체 이를 어쩌면 좋아요. 돈을 주지 않으면 애들 엄마한테 알릴 터이고 그러면 애들 엄마는 저를 안 볼 겁니다.

 당숙모님. 대체 이를 어쩌면 좋아요. 둘이 번다고 해도 매달 들어가는 적금이랑 보험료 빼면 통장에 모아 논 돈이라고 해야 고작 100만 원 있는데 대체 어디서 900만 원을 만들 수 있어요? 그나마 통장도 애들 엄마가 갖고 있거든요."

 오명규는 한숨을 쉬면서 손등으로 이마에 흐르는 땀을 닦았다. 입술이 바싹바싹 타들어가는 것을 눈치챈 당숙모가 시원한 물 한 잔을 가져다 주었다.

 꿀꺽꿀꺽 단숨에 물을 들이마신 오명규는 또 다시 얕은 한숨을 내쉬면서 말 못 하는 아내와 사는 게 너무 힘들었다고 울먹였다.

 "대전경찰서 수사과장이 내 동창생이니까 내일 상황을 알아볼게. 오늘은 여기서 아침 들고 집에 돌아가서 쉬게나. 애들 엄마에겐 비밀로 하고."

 아침을 먹은 후 오명규는 당숙모가 어쩌면 해결책을 강구해 줄지도 모를 일이기에 우선은 집에 가서 아무런 내색도 하지 말자고 자신에게 다짐하며 어머니 집을 향해 걸음을 옮겼다.

 사흘 뒤 당숙모에게서 '자네가 꽃뱀한테 단단히 당한 거야. 수사과장이 꽃뱀 만나서 없던 일로 처리했으니 근무 열심히 잘하고 말 못 하는 애들 엄마 불쌍히 여기며 살라'는 연락이 왔다.

  그날 밤, 오명규는 찬희를 끌어안고 한참을 울었다. 영문을 모르는 찬희는 물끄러미 남편을 바라보면서 '자식 놔두고 혼자 늙어 가며 외롭게 살고 있는 자기 어머니 생각에 우는가 보다' 하고 생각했다.

... 글 속에서 ...

자식 놔두고
혼자 늙어 가며
외롭게 살고 있는 어머니

4. 어떤 년이에요?

　말을 못 하지만 알아들을 수는 있기에 당숙모는 전화로 찬희를 불렀다.
　명절 때와 생신 때면 저녁을 같이 하자고 부르시는 일 이외엔 결혼해 살면서 이제까지 한 번도 찬희를 부른 적이 없기에 '무슨 일일까?' 궁금해하며 퇴근하는 길에 당숙모 댁을 찾아갔다.
　"어서 오게. 그동안 잘 지냈나?"
　당숙모는 과일 바구니를 받아 들며 반갑게 찬희를 맞았다. 찬희는 고갤 꾸벅이는 걸로 인사를 대신하고 당숙모가 내어 주는 주방 식탁 의자에 앉았다.
　당숙모가 의자를 바짝 찬희 앞으로 끌어당기며 말했다.
　"여태 이리 말 못 하면 어째? 대체 언제까지 입을 다물 거야? 이러다가 신랑 뺏겨. 무슨 소린 줄 알아? 이러다가 남편

뺏긴다고. 말 못 해서 남편 뺏기면 네 신세가 어찌되나? 정신 차려. 제발 정신 차리고 말문을 열어 봐."

찬희는 당숙모의 손바닥에 손가락으로 글씨를 썼다. '무슨 일이 있어요?' 당숙모는 다소 흥분된 언성으로 목소리를 조금 높이며 말했다.

"애비 잘못은 아니다. 어느 남자가 10년이 넘도록 말 못 하는 마누라를 좋아하겠나? 시어머니도 잘못했지만 억울하게 시집살이 당했다고 말문 닫는 며느리가 이 동네서 너 말고 또 어디 있나 데리고 와 봐."

찬희는 또 다시 당숙모의 손에다 글을 썼다. '대체 무슨 일이에요? 남편이 저와 못 살겠대요?' 당숙모는 혀를 끌끌 차며 말을 이었다.

"네 남편은 너를 사랑하고 있어. 허지만 살다 보면 예기치 못한 일이 생기기도 하지. 그동안 카바레에 다니면서 스트레스를 풀던 조카가 꽃뱀에게 걸려들어 꽃뱀이 1000만 원 요구하는 걸 대전경찰서 수사과장을 통해 없던 일로 무마시켰어."

"뭐라구요? 대체 어떤 년이에요?"

찬희는 극도로 화가 치미는 것을 참지 못하고 의자를 밀어 제치며 벌떡 일어나면서 날카로운 쇳소리로 소리쳤다.

찬희의 돌발적인 행동에 깜짝 놀란 당숙모가 의자에서 일어나면서 덩달아 소리쳤다.

"너 지금 뭐라고 했니? 뭐라고 했어?"

"어떤 년이 겁도 없이 남의 가정 깨려는 거예요? 경찰서에서 그런 년을 가만 놔둬요? 콩밥을 먹여야지요."

찬희는 흥분을 참지 못한 채 분이 나서 두 주먹을 휘두르며 계속 큰 소리를 쳤고 당숙모는 그런 찬희의 두 손을 잡고 엉엉 우셨다.

"씨앗을 보면 돌부처가 돌아앉는다고 하더니만 남편 뺏기지 않으려고 10년이나 닫혀 있던 말문을 열다니? 세상에. 이럴 줄 알았으면 진즉에 바람 좀 피우라고 할걸."

당숙모는 껄껄 웃으면서 냉장고에서 시원한 감귤주스를 꺼내 찬희에게 따라 주었다.

"이번 일은 네가 백번 이해해야 한다. 그 꽃뱀하고 잠시 재미를 보긴 했지만 살 섞은 일 없고 또 일이 잘 해결돼서 돈 손해 본 것도 없으니 남편 들볶지 말고 없던 일로 넘어가렴. 어쨌든 이 일로 너는 말문이 열렸으니 이보다 더 좋은 일이 어디 있어?"

당숙모는 크게 웃으면서 오명규에게 전화를 걸어서 찬희가 말문이 열린 것을 알려 주었다.

퇴근하기가 무섭게 집에 돌아온 오명규는 찬희가 1시간이 지나도 돌아오지 않아 내심 걱정하고 있었던 차에 당숙모의 전화를 받고 보니 꿈만 같았다.

'아, 찬희가 말을 하다니? 말문이 열리다니?'

오명규는 믿어지지가 않았다.

의사는 영원히 말문을 닫을 수도 있다고 하지 않았던가. 당숙모에게 찬희를 바꾸어 달라고 했다.

"여보세요?"

찬희의 목소리였다.

10년 만에 들어 보는 아내의 밝은 음성이었다.

오명규는 왈칵 눈물이 쏟아졌다.

찬희의 음성을 들으니 가슴이 커다란 풍선처럼 부풀어 오르는 것만 같았다. 물밀 듯한 행복감이 가슴에 넘쳐났다.

이제 두 애들하고 필담하는 찬희의 모습을 보지 않아도 되고 또 자신에게도 신혼처럼 다정하게 말을 건네줄 것을 생각하니 '믿지도 않은 하나님이 자신에게 주신 축복'이라는 생각이 들었다.

얼마 전 찬희는 직장 근무가 힘들다며 사표를 내고 싶다고 했다.

집에서야 필담으로 의사소통이 되고 있음이 자연스러웠

지만 직장에선 출퇴근이 일정한 사무실 근무를 희망하는 후배들이 많아 나날이 근무 부담이 커져서 사표를 운운하던 찬희가 아닌가.

　잠시 후 찬희를 데리러 가는 자동차 안에서 오명규는 내내 궁금했다. '대체 당숙모는 어떻게 찬희의 말문을 열게 했을까?'

... 글 속에서 ...

씨앗을 보면
돌부처도 돌아앉는다

5. 비고 빈 마음으로

밤하늘엔 수많은 별들이 반짝거리고 있었다.

저 별들 사이에서도 좀 더 빛나는 별이 있는가 하면 그 어떤 별은 너무도 희미해서 별이 아닌 것 같아 보이는 것도 많았다.

아직도 버리지 못한 수없이 많은 집착을 하루빨리 버려야 한다는 생각이 꼬리를 물었다.

찬희는 오늘 여기서 미움과 증오를 버리지 못하면 이제까지 방황하며 안간힘을 쓴 모든 게 허사가 되고 만다는 생각이 들었다.

억울하다는 집착에서 벗어나야만 자신의 인생이 편안해질 수 있음에 가슴을 천천히 쓸어내리며 다시 한 번 크게 심호흡을 했다. 숨을 들이쉬고 내쉴 때마다 가슴을 억누르고 있던 바윗덩이가 조금씩 부서져 토해 내지는 것만 같았다.

빛을 쏟아 내는 별들의 모습이 제각기 다른 것처럼 사람도 모두 살아가고 있는 모습이 서로 다른 것을 생각하니 숨을 들이쉬고 내쉴 때마다 마음이 점점 편안해져 왔다.

찬희는 천천히 일어나 대웅전 마당을 돌면서 다시 생각에 잠겼다.

대체 나는 전생에 무슨 업을 지었을까? 시어머니와 잘 지내고 싶었는데 잘 지내기는커녕 싫어증으로 이 고생을 이토록 오랫동안 하다니? 시어머니도 며느리 안 보고 살면서 마음이 항상 편하지만은 않았을 텐데…….

이제 용서를 해야 하지 않는가?

아니, 내가 용서를 해야 하는 게 아니고 용서를 빌어야 하지 않을까?

두 애들을 건강하게 잘 키워 준 시어머니에게 감사해야 하지 않는가. 늘 집안 살림을 돌보아 주어서 마음 편히 직장생활을 계속할 수 있었지 않은가.

따지고 보면 규모가 큰 아파트에서 가족들이 편안하게 잘 살 수 있는 게 시어머니의 덕분임을 찬희는 이제야 깨닫는다.

찬희의 두 눈에 눈물이 주르르 흘렀다.

'내일은 남편과 같이 시어머니를 찾아뵈야겠다'고 생각하니 신혼 초의 자상했던 시어머니 얼굴이 떠올랐다. '새아기

덕분에 단칸방 월세에서 벗어나 내 집을 갖게 되었다.'며 찬희를 신줏단지 위하듯 아껴 주던 시어머니였지 않은가.

　시간이 얼마나 지났을까?

　밤바람이 차갑게 느껴져 방으로 돌아오니 민규 엄마가 코를 골며 자고 있었다.

　공양주 보살 일이 행사가 없을 때는 몇 사람 식사 챙기는 거라 할 만하지만 크고 작은 행사가 있는 날이면 주방이 불나게 바쁘므로 정신없는 하루를 보내게 된다.

　장작을 많이 땠는지 방바닥이 아주 따뜻했다.

　소리 내지 않고 겉옷을 벗어 놓은 후 민규 엄마 옆에 누우니 스르르 눈이 감겼다.

　얼마나 시간이 지났을까.

　조선식 문으로 된 창호지 사이로 들어오는 달빛은 불을 켜지 않아도 사방을 분간할 수 있었다.

　얇은 이불이 덮여져 있었다. 이불을 걷고 휴대폰을 보니 3시가 지나고 있었다. 민규 엄마는 아침 공양 준비를 하러 나갔는지 보이지 않았다.

　크게 기지개를 폈다. 어깨뼈가 오도독거리는 게 그동안 여기저기 흩어졌던 수백 개의 뼈들이 간밤에 모두들 제자리를 찾은 듯하다.

편안하고 조용한 오랜만의 단잠!

이처럼 한 번도 깨지 않고 몇 시간 동안 단잠을 자 본 것이 실로 얼마 만의 일인가.

희끄무레한 어둠 속에서 얇은 솜으로 누벼져 있는 이불을 네 귀가 딱 들어맞도록 정성껏 개어 서랍장 위에 가지런히 올려놓고 방을 나섰다.

10월 중순의 찬바람이 얼굴에 확 스쳐 왔다.

밖으로 나온 찬희는 찬바람 속에 선 채로 두 팔을 위로 크게 벌렸다. 적막을 뚫고 불어 들어오는 찬바람에 가슴속의 모든 미련이 깨끗하게 씻겨 나가는 느낌이었다. 그 자리에 선 채로 찬희는 천천히 크게 심호흡을 하였다.

중생의 고난과 설움.

참으로 견디기 어려운 회오리바람을 스르르 잠재워 준 부처님의 은덕을 생각하며 이제 자신이 해야 할 일은 시어머니께 용서를 빌고 남편과 두 자식을 사랑하며 아끼는 것임을 가슴에 새기면서 대웅전으로 들어섰다.

6. 하루가 늦은 용서

　민규 엄마랑 아침 공양을 들고 있는데 갑자기 휴대폰이 울렸다. 밥을 먹고 난 다음에 열어 볼까 하다가 혹시 집에 무슨 일이라도 있는가 싶어서 휴대폰을 열어 보니 남편의 다급한 목소리가 흘러 나왔다.
　"여보, 어머니가 쓰러지셨어. 지금 병원에 계시는데 깨어나질 못해서. 돌아가실 것 같아."
　남편 말에 찬희는 어안이 벙벙했다.
　남편은 재차 '어머니가 병원에 있는데 돌아가실 것 같다'며 울먹였다.
　민규 엄마가 옆에서 무슨 전화냐고 물었지만 찬희는 이를 듣지 못하고 주차장을 향해 뛰었다. 민규 엄마가 찬희의 겉옷과 가방을 들고 뛰어나오면서 '침착해. 뛰다가 넘어진다'고 연신 말했지만 찬희의 귀엔 아무 소리도 들리지 않았다.

어떻게 운전을 해서 주차장을 빠져나왔는지 알 수 없었다.

장기면을 지나 세종 신도시로 들어서면서 속도를 맘껏 높였지만 차가 속력이 나지 않는 것만 같아 초조함이 극에 달했다. 이마에 흐르는 땀을 닦을 사이도 없었다. 그저 빨리 가야 한다는 생각밖에 없었다.

찬희는 '지금 돌아가시면 안 된다'고 수없이 뇌까리며 속도를 최대한 높였다.

대학 병원에 도착하니 아들이 현관 밖에 서 있었다.

"할머니는?"

"방금 특실로 옮겼어요."

아들이 엘리베이터는 오른쪽에 있다며 천천히 가라고 말했지만 찬희는 이를 듣지 못하고 엘리베이터를 찾느라 두리번거렸다. 아들이 찬희의 손을 잡고 엘리베이터가 있는 곳으로 안내하는 동안 찬희는 계속 입 속으로 중얼거렸다.

'어머니, 돌아가시면 안 돼요. 제가 왔어요. 며느리인 찬희가 왔어요. 그동안 어머니께 불효만 저질렀어요. 이제야 용서를 빌러 왔어요.'

병실 문을 여니 남편이 '딸애는 지금 서울서 내려오고 있다'며 울먹였다.

당숙모가 '대체 어디 갔다 이제 오는 거야? 어머니가 아까부터 너를 찾고 있다.'며 시어머니 앞에서 뒤로 비켜섰다.

　찬희가 온 걸 아는지 시어머니가 눈을 뜨면서 손가락을 움직이기에 찬희는 시어머니의 손을 잡고 말했다.

　'어머니, 제가 왔어요. 불효를 용서해 주세요. 어머니, 이대로 떠나시면 안 돼요.'

　시어머니는 뭔가를 말하려고 입술을 움직였다. 찬희는 시어머니의 입술에 귀를 바짝 갖다 대었다. 시어머니는 들릴락 말락한 가느다란 목소리로 '미안하다. 미안하다. 용서해 다오.' 하더니만 사르르 눈을 감았다.

　찬희는 오열했다.

　'어머니, 이렇게 가시면 나는 어떻게 하라고요? 어머니, 용서를 받을 사람은 저예요. 어머니, 잘못했습니다. 잘못했습니다. 용서해 주세요. 저를 용서해 주세요. 어머니, 잘못했습니다. 어머니!'

　계속 시어머니의 몸을 부둥켜안고 몸부림을 치며 용서를 구하는 찬희에게 당숙모가 말했다.

　"형님은 이미 오래 전에 널 용서하셨어. 네가 입을 닫던 그때부터 형님은 교회를 다니며 매일 새벽이면 하루도 빠짐없이 자신의 잘못을 예수님 앞에 나아가 회개하셨어. '며느리의 말문을 열게 해 달라'고 오늘 새벽에도 기도하셨어.

한 달 전, 네가 말문을 열었다는 소식을 듣고 형님은 이제 죽어도 여한이 없다고 하시더니만 타고난 명운이 이 뿐인지 갑자기 심장마비가 오다니…….

세상살이 참으로 허망하구나. 이제 그만 울고 장례 치를 준비를 해야지."

식구들이 나가고 난 뒤에도 찬희는 시어머니의 주검 앞을 떠나지 못했다. 온화한 미소를 띠고 있는 시어머니의 얼굴은 너무도 편안한 모습이었다.

모든 것을 용서하고 모든 것을 사랑하는 마음으로 세상 이별을 한 시어머니의 얼굴을 두 손으로 찬찬히 쓰다듬는 찬희의 두 눈에선 쉴 새 없이 두 줄기 눈물이 뺨을 타고 흘러내렸다.

찬희는 시어머니가 다니시던 교회 목사님의 주관으로 장례를 치르자는 남편의 말에 고갤 끄덕였다.

목사님을 비롯한 교회 신도들은 하나같이 시어머니의 신앙심에 칭찬을 아끼지 않았다.

집에서 기르는 닭이 낳은 달걀이라며 목사님 밥상에 올리라고 정성껏 알을 닦아 가지고 사택 문 앞에 놓고 가길 10년이었다며 목사 사모님의 눈물짓는 모습에 찬희도 손등으로 눈물을 훔쳤다.

　남편은 목사님의 안내에 따라 장례를 치르면서 찬희에게 아무 말도 건네지 않았다. 찬희도 말없이 조용히 남편의 뜻을 따랐다.

　입관 예배며 발인 예배 절차가 찬희에겐 생소했지만 묵묵히 자리를 함께하며 한 번도 불러 보지 않은 찬송가를 교인들과 같이 조그맣게 입 속으로 운을 따라 불렀다.

　'하늘 가는 밝은 길이 내 앞에 있으니…….'

　찬희는 두 손을 모으고 하나님과 예수님께 시어머니의 명복을 빌고 또 빌었다.

　장례를 치른 후 남편과 함께 시어머니가 살고 있었던 대동 집에 갔다.

　옹기종기 크고 작은 단지들이 가지런히 놓여 있는 장독대며 안방에 놓여 있는 작은 TV, 구형인 작은 냉장고 등 두 애들을 키우며 함께 살던 모습 그대로였다.

　방 안에 놓여 있는 작은 소반을 보며 반찬이라고 해야 국과 나물 한 가지가 전부였을 시어머니의 모습에 찬희는 눈물이 맺혔다.

　아파트로 분가해 나오면서 비록 겉으로 표현은 안 했지만 시어머니 얼굴만 보지 않아도 행복이라고 생각하며 세간살이 전부를 신접살림처럼 예쁘고 고급스런 것들로 몽땅 바꾸었으면서도 무릎이 안 좋은 시어머니에겐 작은 식탁조차도 사드리지 않은 자신의 옹졸함에 목이 메었다.

아파트 베란다에 시어머니가 아끼던 단지를 옮겨 놓기로 하고 그 외의 다른 물건은 모두 내버리자는 남편 의견에 찬희는 고갤 끄덕였다.

시어머니는 워낙 깔끔한 성미여서 장롱 속의 옛날 이불이며 서랍장 속의 낡은 옷가지들이 잘 정리되어 있었다.

맨 밑 서랍을 열어 보니 공책이 빼곡히 들어 있기에 '대체 뭔가?' 의구심이 들어 맨 위에 놓여 있는 공책을 꺼내어 보니 연필로 또박또박 써 온 가장 최근의 일기장이었다.

찬희는 찬찬히 읽어 보았다.

×월 ×일

아침에 사촌 동서가 찾아왔다.

찬희가 말문을 열었다며 '형님 기도를 이제야 하나님이 들어주셨다'고 큰 소리로 말했다.

둘이 부둥켜안고 한참 동안 울었다.

장롱 속의 큰 지갑을 열어 보니 그동안 모아 논 돈이 92만

원이었다.

그 길로 교회에 가서 가진 돈 모두를 예물로 드리고 하나님께 감사의 기도를 드렸다.

기도 내내 눈물이 멈추지 않았다.

찬희는 맨 밑에 있는 공책을 꺼냈다.
날짜를 보니 대동집을 나가던 그 날이었다.

×월 ×일

오늘 명규와 찬희가 두 애들과 같이 집을 떠났다. 다섯 식구에서 나 혼자가 되니 너무 서글펐지만 내 어찌 이를 내색할 수 있단 말인가? 내 잘못으로 일어난 사단인 것을…….

명규와 찬희를 볼 면목이 없다.

의사 말이 정신에서 온 병이라 쉽게 고쳐지지 않는다고 하던데…….

내일부턴 사촌 동서를 따라 교회에 나가서 하나님께 사정해 보련다.

찬희는 목 놓아 울었다.
생전 교회라고는 발을 디뎌 본 적이 없는 시어머니가 자신의 말문을 열게 하려고 교회에 나가서 하나님께 사정해 보겠다는 결심을 했던 그날, 자신은 원수 같은 시어머니 꼴을 안 보게 돼서 얼마나 기쁘고 행복했던가?

그칠 줄 모르는 눈물이 일기장을 축축이 적시고 있을 때 남편이 들어오더니만 깜짝 놀라며 '왜 그러느냐?'고 물었다.

찬희는 '그냥 좀 울고 싶었다.'고 말하며 서랍 속의 일기장을 모두 꺼내서 보자기에 쌌다.

대동집 대문을 걸어 잠그며 남편에게 '내일은 당숙모를 따라 어머니가 다니던 교회 목사님께 장례 치르고 남은 부조금을 기부해야겠다.'고 하니 남편도 '그럼 나도 같이 가자'고 말했다.

한낮의 밝은 햇볕이 두 사람의 머리 위에 쏟아지고 있었다.

7. 벚꽃 길을 찾아서

이듬해인 2020년 4월.

세상이 코로나19로 온통 시끄러웠다.

두 달간이나 아파트에 갇혀 지낸 찬희는 남편과 같이 에덴 휴게소를 찾아 길을 떠났다. 에덴 휴게소는 이제 '벚꽃길 휴게소'로 이름이 바뀌어져 있었다.

코로나로 인해 벚꽃 터널을 지나 '꿈의동산'으로 가는 길은 통제되어 있었다. 자전거 도로 위에서 셀 수 없이 많은 관광객들이 벚꽃 길을 내려다보고 있었다.

찬희도 남편과 같이 그들 사이에 끼어서 화사하게 에덴 동산으로 오르는 길 전체를 덮고 있는 벚꽃 길을 내려다보았다.

벚꽃나무 밑에서 벚꽃을 올려다보던 것과는 달리 높은 곳에서 벚꽃을 내려다보니 마치 공중에 벚꽃 양탄자가 깔려 있는 것만 같았다. 모두들 '천국 가는 길 같다'며 탄성을 발

했다.

 눈 안에 가득 들어오는 연분홍빛 벚꽃 위로 찬희는 시어머니 최 씨와 순금의 명복을 빌었다.

 벚꽃길 휴게소를 향해 내려온 찬희는 휴게소 자율 식당 옆 코너인 카페로 들어가 남보해 권사를 찾았다.

 85살의 나이가 믿기지 않는 노부인이 빨간색 앞치마를 두른 채 카페로 들어오고 있었다. 뽀얀 피부에 웃음을 머금은 노부인의 모습은 마치 천사처럼 귀하게 보였다.

 순금의 세상 이별을 알리며 순금이 쓴 '하루가 늦은 용서'를 읽어 보았다고 말하니 고갤 끄덕이면서 조용히 웃었다.

 "어제 순금의 아들과 며느리가 찾아와 소식을 전해 주었어요. 순금이 갖고 있던 빨간 비단 보자기에 '하루가 늦은 용서'와 손바느질해서 지은 비단 수의 한 벌을 넣어 가지고 왔더군요."

 "……"

 "순금은 신의 은총을 입고 편안하게 세상 이별을 했다고 하더군요. 영평사에 머무르는 3년 동안 불경 공부도 하고 글도 쓰고 또 찬송가의 가사를 계속 쓰면서 자신의 마음 세계를 갈고 닦는 동안 하나님의 은총을 입었던가 봅니다.

순금이 세상 떠나던 날, 병원 침대 베개 밑에 있었다며 아들이 내놓은 찬송가 책을 보니 가죽으로 된 겉표지가 닳아서 반질거리더군요.

코로나가 끝나면 교회 구경하러 꼭 다시 오겠다는 약속을 굳게 하면서 돌아가는 순금의 아들과 며느리가 앞으로 하나님을 의지할 것이라는 믿음이 들더군요. 이름이 찬희라고 했지요? 이렇게 먼 길을 찾아왔는데 내가 줄 것이 없네요."

자리에서 일어서며 인사를 하려 드는 찬희에게 '잠깐 기다려 달라'며 주방으로 간 남 권사는 자주색 장정이 된 두툼한 성경책을 한 권 가지고 나왔다. 남 권사는 찬희에게 성경책을 쥐여 주며 온화하게 말했다.

"예까지 얼굴도 모르는 이 사람을 찾아오기가 쉽지 않은데 감사의 뜻으로 성경책을 드리고 싶군요. 주님의 축복이 함께하길 기도하겠어요."

········ 끝 ········

글을 읽고 난 후?

2002년 어느 날,

나는 양재동에 있는 예술의전당으로 소설 부문 신인상을 수상하러 상경했다.

비가 많이 오고 있었다.

당시 국무총리가 시상대에서 '초등 교원으로 습작한 소설이 오늘 수상의 영광을 안게 되었다.'고 수많은 관중에게 소개하였다.

그곳은 돈으로 상을 사는 행사장이었다.

나는 이후 20년간 글을 쓰지 않았다.

글쓴이 소개

1952. 대전에서 출생
1957. 대전신흥초등학교 조기 입학
1968. 대전여자고등학교 졸업
1970. 공주교육대학 졸업 후 교사 발령
2014. 초등학교 교장 정년 퇴임

글쓴이의 작품

2002. 장편 소설 '영원한 행복'으로 등단
2022. 장편 소설 '하루가 늦은 용서'
2023. 단편 1집 '개구리가 살린 내 딸' 외 9편
2023. 단편 2집 '그림 속의 여자' 외 7편
2024. 장편 소설 '오순의 두 아들'

하루가 늦은 용서

초판 1쇄 발행 2025년 8월 29일
지은이 최은주
펴낸곳 (주)에스제이더블유인터내셔널
펴낸이 양홍걸 이시원

주소 서울시 영등포구 영신로 166 시원스쿨
구입 문의 02)2014-8151
고객센터 02)6409-0878

ISBN 979-11-6150-557-2 03810

이 책은 저작권법에 따라 보호받는 저작물이므로 무단복제와 무단전재를 금합니다.
이 책 내용의 전부 또는 일부를 이용하려면 반드시
저작권자와 (주)에스제이더블유인터내셔널의 서면 동의를 받아야 합니다.

북플레이트는 작가가 주인이 되어 직접 기획하고 책을 만드는, 작가가 주인공이 되는
공간입니다.
책을 만드는 일에 동참하실 작가님들을 모집합니다.
www.bookplate.co.kr